TAKE
SHOBO

眼鏡男子のお気に入り

茶葉店店主の溺愛独占欲

西條六花

ILLUSTRATION
千影透子

JN036617

MITSU
YUME

CONTENTS

MITSU YUME

イラスト／千影透子

眼鏡男子のお気に入り

茶葉店店主の溺愛独占欲

megane danshi no okiniiri

第一章

しとしとと雨が降る六月のある日の夕方、少しずつ雲が薄くなってきた空は、水色と茜色が入り混じった何ともいえない色を醸し出している。

こんな色合いは滅多に見ることがなく、赤い傘を差した玉谷莉子《たまやりこ》は、思わず立ち止まって空に見惚《みと》れた。

（すごい、きれいな色……）

まだ静かに降り続いている雨は、傘の先から雫《しずく》を落としている。足元の水溜《た》まりに空の明るさがまだらに反射し、雨粒が丸く波紋を広げる様子もきれいだった。

駅から自宅までの約十分の道のりは、毎日通るルートが決まっている。だが今日はもう少し長く空の色を愉しみたくなり、莉子は普段は通らない道へと足を向けた。

（……初めて通ったけど、こっち側はこんな雰囲気なんだ）

駅の裏側に位置する通りには、小さなパン屋や服のセレクトショップ、民家を改造したワインバルなど、こぢんまりとした店舗がちらほらある。

そんな中、ひときわ目を引く白い建物があった。

（何だろう。カフェ……？）

真っ白な外観のその建物は、ドアや窓枠が木製で、一見無機質な雰囲気に温かみを添えていた。大きな窓ガラス越しに中のおしゃれなインテリアが垣間見え、入り口横の黒板にはお品書きが手書きで書かれている。

その建物の中から、ふいに若い男性が出てくるのが見えた。腰に黒いサロンエプロンを巻いている姿からすると、従業員だろうか。

入り口の前で空を見上げているしぐさからは、おそらく莉子と同じように普段と違う色味に気づき、わざわざ外に出てきたのだとわかった。道なりに歩くあいだ、三十代に見える男性はしばらく空を眺めている。やがて莉子が建物の近くまで来たところで、突然彼が口を開いた。

「あーあ、参ったな……」

不意に響いた声に驚いた莉子は、視線を上げて男性の顔を見てしまった。

（……あ）

彼は眼鏡の下から、つうっと涙をこぼしていた。

男性が泣くところを初めて見た莉子は、思わず彼を注視してしまう。するとこちらの視線に気づいた男性が、自分の涙に驚いた様子で頬に触れた。

自分の不躾《ぶしつけ》な行動を自覚した莉子は、ひどく狼狽《ろうばい》した。彼はばつが悪そうな表情をしていて、焦りながら小さく謝罪する。

「あっ、す、すみません」

「いえ」

男性が苦笑いし、そのまま踵《きびす》を返すと、店の中に戻っていった。

（どうしよう……まじまじ顔を見たりして、何だか悪いことしちゃった）

見てはいけないものを見てしまった気持ちになり、莉子は何ともいえない後味の悪さをおぼえる。

しかしわざわざ店の中まで追いかけて謝っても、向こうが困るだけだろう。元よりそんな勇気のない莉子は、悄然《しょうぜん》と歩き出す。

（あんな大人の男の人でも……ポロッと泣いたりするんだ）

不意打ちのようなタイミングで目撃した男性の涙は、強く印象に残った。降りしきる雨の静かな音を聞きながら、莉子は自宅までをうつむいて歩いた。


市の中心部から地下鉄で二駅離れた場所にあるイベント企画会社〝株式会社AND〟は、セミナーや講座などの少人数のイベントから、自治体が主催する見本市やライブイベントなどの大規模なものまで、受注する種類が幅広い。企画の立案と当日運営、ブースの施工管理やケータリングの手配など、さまざまな業務を請け負っている。

入社二年目の莉子はイベント事業部に所属し、主に先輩プランナーの業務補佐をしてい

る。入社したばかりの去年は学生と社会人の違いに戸惑い、与えられた仕事をこなすだけで精一杯だったが、今年はもう二年目だ。新入社員が二名入り、最近は上からも下からも見られる立場となった難しさを感じている。

「すみません、玉谷さん。ちょっと質問があるんですけど」

「あっ、はい」

新入社員は指導役となる中堅社員に仕事を教えてもらっているが、彼らはそれぞれ自分のプロジェクトを抱えていて、社外に打ち合わせに出ていることが多い。

そのあいだ新人は企画の立案やイベントシミュレーションなどの実践的な課題を与えられ、電話番をしながら取り組んでいた。「わからないことがあれば、近くにいる社員に聞くように」と言われているというが、今はたまたま通りかかった莉子が目に留まったらしい。

内心ドキリとしつつ、莉子はデスクを覗《のぞ》き込んだ。

「何ですか？」

「えっと……」

どうにか質問に答えることができ、ホッとしているところで、一人の女性社員が外から戻ってくる。

「ただいま戻りました」

「お疲れさまです」

オフィス内にいる者たちが次々に挨拶する中、彼女がこちらを見る。

「玉谷さん、お願いしてた来月の中国茶講座のチラシ、刷っておいてくれた？」

「はい。確認お願いします」

女性の名前は宇野真衣子《うのまいこ》といい、入社九年目のベテラン社員だ。莉子は昨日まで別のプロジェクトの手伝いをしていたが、ちょうど手が空いて宇野から頼まれ事をしていた。

受け取った宇野は自分のデスクに座り、チラシの出来栄えを眺める。

「ありがと。やっぱりこの写真いいね、色がきれいに出てよかった」

「プロの方にお願いしたんですか？」

「ううん。これ、中国茶教室の講師の人が自分で撮ってるんだよ。お店のホームページもすごくおしゃれなの。見る？」

莉子が印刷を頼まれたのは、半月後に市内の大型書店で開催される〝一日茶藝教室〟のチラシだ。

講師は中国茶や台湾茶、日本茶に加え、ハーブティーやコーヒーに至るまでありとあらゆるお茶を扱う〝守川《もりかわ》茶葉店〟の店主だという。

彼は普段から自分の店を始め、日本全国に出張して茶藝教室を開いていて、今回は本の出版を記念し、書店の依頼で開催されるものらしい。宇野が自分のパソコンを開き、莉子に示して言った。

「ほら、これ」

覗き込んだ莉子は、思わず「わあ……」と感嘆の声を漏らす。

白を基調としたホームページのトップ画面には、ガラスの器に注がれた数多くのお茶の写真が載せられ、その鮮やかな色彩がパッと目を引いた。

チラシに書かれていたとおり、店舗では数多くのお茶を扱っているようで、莉子は興味をそそられる。

「ホームページ、すごくおしゃれですね。写真もどれもきれいで、まるでプロのカメラマンさんが撮ったみたい」

「でしょう？　店主の守川さんって、すごく多趣味なんですって。元々趣味が高じてお茶に詳しくなって、お店をオープンしてからは自分で雑貨のデザインをしたり、写真を撮ったり。ブログのファンやイベントに参加した人から人気に火が点いて、本を出すことになったみたい。今回が二冊目だって」

「そうなんですか」


それから半月が経った六月の中旬、莉子は運営スタッフの一人として市内の大型書店にいた。会場入りしたあとは使用する道具類、進行表のチェックなど確認しなければならないことが多く、対応に追われる。

やがてイベントの開始一時間半前、講師の男性が到着した。

「お疲れさまです、守川です。本日はよろしくお願いします」

現れたのは、癖のない黒髪と眼鏡が似合う三十歳前後の男性だった。

彼はスラリと背が高く、シンプルな白シャツと黒いパンツという服装が、スタイルの良さを引き立てている。整った顔立ちは優しげな印象で、穏やかな口調が見た目以上の落ち着きを醸し出していた。

（あれ？　あの人……）

守川の顔を見た莉子は、どこかで会ったことがある気がして引っかかる。

そしてすぐに彼が半月ほど前の雨の日に見かけた男性だと気づき、目を瞠《みは》った。

（そうだ。駅から遠回りして帰った日、空を見上げて泣いていた──）

ふと守川と目が合いそうになった莉子は、慌ててうつむく。咄嗟《とっさ》に背を向け、進行表のチェックをするふりをしながら、目まぐるしく考えた。

まさか先日見かけた男性が、今日の講師だとは思わなかった。あのときの守川は店舗らしき建物から出てきたが、もしかするとあそこが彼の経営する茶葉店なのかもしれない。

（すごい偶然。こんな状況で会っちゃうなんて）

もしあのとき目が合ったのが自分だと知られたら、守川はきっと気まずさをおぼえるだろう。何があったのかはわからないが、突然涙を流していたのだから、悲しいでき事があったに違いない。

彼が担当プランナーの宇野と共に控室に向かっていき、莉子はホッと息をついた。そして今日はなるべく守川の視界に入らないようにしようと心に決める。

午後二時から始まった〝一日茶藝教室〟は、守川の挨拶から始まった。

「本日はお集りいただき、ありがとうございます。〝一日茶藝教室〟の講師を務めさせていただきます、守川茶葉店店主の守川響生《ひびき》です。よろしくお願いいたします」

大型書店は店舗内にさまざまな店や施設を併設しており、今回は二階のイベントスペースを貸切る形で講座が開かれた。定員は二十五名だったが、宇野いわくあっという間に上限に達してしまったらしい。

「さて、今回は〝一日茶藝教室〟という講座ですが、あまり聞き慣れない方も多いかと思います。日本人には、茶道という言葉のほうが馴染み深いですね。茶藝は四十年ほど前、台湾で生まれた言葉だと言われています」

守川いわく、元々中国にはお点前に当たる作法がなく、日本の茶道を参考にして〝茶藝〟が生まれたという経緯があるらしい。格式あるイメージの日本茶道よりも砕けた雰囲気の言葉を求め、有識者らが考え出した名称なのだと彼は語った。

「中国や台湾にはお茶の産地が多く、その種類は膨大な数になります。有名な凍頂烏龍茶や東方美人など、台湾独自のお茶は中国大陸のものと区別するために〝台湾茶〟と呼ばれることも多いのですが、今回は台湾と中国、両方のものをひとくくりに〝中国茶〟として、基本から学んでいきたいと思います。お手元の資料をご覧ください」

中国茶の種類は白茶・緑茶・青茶・黒茶・紅茶・黄茶・花茶の七つに分類され、それぞれに特徴があるという。

守川の説明は堅苦しいところがなく、わかりやすかった。彼は不発酵である緑茶、半発酵の烏龍茶、後発酵のプーアール茶をそれぞれ二種類ずつ持ち込み、参加者にテイスティングさせる。

その後は茶壷《チャフー》と呼ばれる茶器と蓋碗《がいわん》、ガラスの茶器を使った淹《い》れ方の実習に移った。そして茶葉の量と湯の温度、浸出時間のバランスなどを、一人一人のところを回って詳しくレクチャーする。

最後は守川が用意したおやつで、お茶会となった。パイナップル入りのパウンドケーキとスティックチーズパイ、生姜糖《しょうが》とプルーンというメニューは、彼の茶葉店に併設されたカフェで出しているのと同じものらしい。

約二時間の講座は基本から始まってお茶の試飲と実習、手作りスイーツにお土産まで付いた、充実の内容だった。会場の片隅で一部始終を見学していた莉子は、感嘆のため息をつく。

(すごい。……中国茶って、奥が深いんだ)

その種類の多さもさることながら、莉子を魅了したのは茶道具だ。茶壷と呼ばれる急須はこぢんまりとして可愛らしく、茶碗は手のひらに収まるくらいに小さい。

青茶を飲むときに香りを愉しむための聞香杯、茶道組という小道具のセットなど、すべてが竹製の茶盤の上に並べられた様子は品良く優雅だった。

（自分で淹れられるようになったら、きっとすごく楽しいだろうな。今日紹介されていたお茶は、一体どんな味がするんだろ……）

参加者たちがお土産を受け取って帰り、スタッフは手分けして後片づけを始める。茶道具や食器などは守川が持ち込んだもののため、洗って返さなくてはならない。

莉子はバックヤードに運び込まれる食器類を、小さな給湯室で洗い始めた。誰がどのような作業をするかはあらかじめ決まっていて、時間内の撤収に向けてスタッフは迅速に動いていた。

せっせと茶器を洗い、布巾の上に伏せていると、ふいに「あの」と声をかけられた。

「はい？」

てっきり会社のスタッフか、もしくは書店の人間かと思いながら顔を上げた莉子は、戸口に背の高い男性が立っているのに気づき、ドキリとした。

つい先ほど講座を終えたばかりの守川が、こちらを見ている。

「後片づけを手伝っていただいて、本当に助かります。洗う作業は大変ですし、僕が代わりますから、やらせてください」

「あっ、いえ。わたしに割り当てられた仕事ですので、どうかお気になさらないでください」

突然話しかけられた莉子は、みっともないほど狼狽してしまう。一気に頬が熱くなるのを感じ、内心ひどく焦りをおぼえた。

（どうしよう、――また）

人と話すときに極度に緊張してしまうのは、莉子の悪い癖だ。

初対面の人と話すときや、大勢の前で発言しなければならない場面で、いつも顔が真っ赤になってしまう。こんな自分は嫌なのに、なかなか直すことができず、ずっと悩みの種だった。

莉子の表情を見た守川はわずかに目を瞠ったものの、こちらの動揺を悟ったのか何も言わない。彼は安心させるように微笑み、穏やかな口調で言った。

「じゃあ、僕が洗い終わったものを拭きます。布巾はこれを使ってもいいですか？」

「は、はい」

狭い給湯室の中、二人並んで作業をする。ジャージャーという水の音が響く中、守川が口を開いた。

「僕は普段、自分の店で茶藝教室を開くことが多いので、こんなふうに大勢の人に片づけを手伝ってもらうと何だか恐縮してしまいます。でも皆さんがとてもテキパキしてらっしゃるのは、きっといろいろなイベントに携わっているからなんでしょうね」

「そ、そうですね……」

守川の顔を見ることができず、莉子は気まずく手元の茶器をすすぐ。もっと気の利いた会話ができればいいと思うが、何も言葉が出てこない。

（わたしって、いつもこう。意識しすぎて、頭の中が真っ白になって……）

結果的に、相手にとても気を使わせてしまう。

守川との間に、微妙な沈黙が満ちた。きっと絡みづらい人間だと思われているに違いないと考え、莉子はいたたまれない気持ちになる。すると慣れた手つきで飲杯を拭いていた彼が、ふいに口を開いた。

「──あの、人違いなら申し訳ないのですが」

「はい？」

「半月ほど前……うちの店の前を通りませんでしたか？　朝から雨が降っていた日に」

莉子はドキリとして息をのむ。

守川が気づいていなければいいと考えていたが、彼はこちらの顔を覚えていたらしい。

咄嗟に答えられずに言葉に詰まると、何となく察した様子の守川が苦笑いして言った。

「いきなりこんなことを言って、もし困らせてしまったならすみません。実はあの日、個人的にすごく落ち込むでき事があって……。通りすがりのあなたにみっともない姿を晒《さら》してしまい、すごく後味の悪い気持ちでいたんです」

「いえ、そんな」

莉子は慌てて首を横に振る。

「こちらこそ、申し訳ありませんでした。まじまじ顔を見たりして、とても失礼なことをしたと反省しています」

もしかして守川は、こちらがあの日のでき事を言いふらすとでも考えたのだろうか。

ふとそんな考えに思い至った莉子は、急いで彼に向かって言った。

「わたし、あの日のことは誰にも話していません。今日の講師が守川さんだと知ったときは驚きましたけど、これからも一切口外するつもりはありませんから」

莉子の必死さが伝わったのか、守川がふと微笑む。彼は面映ゆそうな表情で答えた。

「そうですか。気を使っていただいて、ありがとうございます」

「い、いえ……」

思いがけず熱弁をふるってしまった莉子は、そんな自分が恥ずかしくなる。

目を伏せて手元の作業に集中するふりをしたものの、心臓がドキドキしていた。シンクの中の茶器をすべて洗い終え、蛇口を止めたタイミングで、守川が再び口を開く。

「ところで今日の講座、会場の隅で最後まで聞いてくれていたようですけど、内容はいかがでしたか?」

突然の問いかけに驚いた莉子だったが、言葉を選びながら答えた。

「すごく……興味深かったです。わたしは中国茶に関してまったく知識がなかったんですけど、その種類の多さや色の多彩さにびっくりして。それに茶器がとっても可愛らしいことも、今日初めて知りました。自分で淹れられたら、きっと楽しいんだろうなと、考えながら見学していました」

おそらくは参加者たちと同じくらい、莉子は守川の講義に夢中になっていた。

するとそんな言葉を聞いた彼が、笑って言う。

「あなたが真剣に聞いてくれていた様子は、講義している最中にチラチラ目に入っていました。興味を持っていただけてうれしいですし、これをきっかけに中国茶の良さを知ってもらえたら、今日講座をやった意味は充分にあると思います」

「で、でも、わたしはお金を払って参加した人間ではありませんし。何だか図々しくて、申し訳ありません」

恐縮し、尻すぼみになる莉子の言葉を聞き、守川が噴き出す。彼はポケットから名刺入れを取り出し、一枚差し出してきた。

「僕の店の住所は既にご存知だとは思いますが、お暇なときがあったらぜひいらしてください。いろんなお茶の試飲ができますし、午後六時まではカフェメニューもやってますから。何も買わなくても、もちろんＯＫですよ」

名刺を受け取りながら、莉子は戸惑いをおぼえる。

(これは……社交辞令？　確かにお茶に興味はあるけど、真に受けてお店に行ったりしたらお邪魔なんじゃ……)

守川の意図を図りかねている莉子を見下ろし、彼が微笑む。

「ところで、あなたの名前をお聞きしていいですか？」

「し、失礼いたしました。株式会社ANDのイベント事業部、玉谷――玉谷、莉子です」

第二章

茶葉店兼カフェを営む守川の朝は早く、いつも六時には起床する。

しかし今日は五時半に目が覚めてしまい、ベッドの中で乱れた髪のまま天井を見上げた守川は、寝起きの回らない頭でぼんやりと考えた。

(まだ早いし、もうちょっと寝ようかな……今日、何かすることあったっけ)

——昨日の夜に届いた商品の、検品がまだだった。

ふいにそれを思い出してしまった守川は、かすかに顔をしかめる。

(中身は夏のギフト用の商品だから、さっさと開けなきゃ駄目か。品出しのときに、棚の陳列も少しいじらないと)

そのためには、厨房《ちゅうぼう》の仕事を先に済ませなければならない。そう結論づけ、ため息をついた守川は、ベッドから起き上がる。

シャワーを浴びて身支度をし、自宅の一階にある店舗に向かった。店で出す日替わりのランチやスイーツは、すべて守川の担当だ。客に茶のアドバイスをしながらのカフェ業務はかなり大変で、今はスタッフを一人正社員として雇っている。

店内の清掃や紙ナプキン、ストローなどの消耗品の補充は、朝の九時に出勤する大西直樹《おおにしなおき》の仕事になっている。厨房に入った守川は、半月単位で決めているメニューのファイルを開いた。

（今日の日替わりスイーツは、コーヒーゼリーのあんみつとレモンパウンドケーキのアイシングがけ。……コーヒーゼリーの仕込みをして、パウンドケーキをオーブンに入れてから、ランチの準備だな）

コーヒーゼリーを作る際は、まずアイスコーヒー用の深煎りの豆を挽《ひ》くことから始める。ホットコーヒー用のものだと温度が下がることで酸味が強くなり、苦味が薄くなってしまうからだ。

ドリッパーにセットし、淹《い》れたコーヒーが熱いうちにゼラチンを溶かしたあと、バットに広げて冷やす。レモンパウンドケーキは皮と果汁をたっぷり使い、香りと酸味が愉しめるようにした独自のレシピだ。砂糖の一部を蜂蜜に変え、しっとりとした質感に仕上げて、上にレモン味のアイシングを掛ける。

スイーツとランチの仕込みが一段落したとき、時刻は午後八時半だった。オーブンと圧力鍋の様子を見ながら前日に届いた荷物の検品をしているところで、大西が出勤してくる。

「おはようございまーす」

「おはよう」

現在二十一歳の彼は、製菓と調理の専門学校を卒業し、守川茶葉店で働いている。〝いつか自分で店を持ちたい〟という夢がある大西にとって、茶葉の勉強とカフェ業務どちらもできるこの店は、理想的な職場らしい。

　バックヤードに私物を置いた彼は、エプロンを手にフロアに戻ってくると鼻を動かして言った。

「んー、いい匂いがする。今日のランチって何でしたっけ」

「パンのセットはきんぴらごぼうとチーズのホットサンド、グリーンサラダとブルーベリーヨーグルト添え。ご飯は温玉のせ豚角煮丼とグリーンサラダ、あさりと万能ねぎの味《み》噌汁《そしる》」

「美味そう。昼の賄い、どっちにしようかなー」

「大西くん、昨日のバナナ入りガトーショコラは、三個でヤマだから覚えておいて。それから残りわずかなアールグレイのクッキーとピスタチオのクッキーは、このあとオーブンが空き次第焼く」

「オッケーでーす」

　大西が掃除用具を取り出したため、守川は床に置かれていた段ボール箱をカウンターの上に載せる。すると彼が、ひょいとこちらを覗《のぞ》き込んで言った。

「あ、夏のギフト用のミニ缶、届いたんですね。柔らかい色味でデザインもサイズも可愛い――、女子受けしそう」

「うん。水出しができるフレーバーティーの、三種セットにしようかと思って。ライチルイボスと日向夏グリーンティー、ざくろローズヒップで」

夏にかけての商品は、毎年試飲を繰り返して銘柄を選ぶ〝水出し中国茶〟も好評だ。ティーバッグで手軽に淹れられる上、複数の種類が入ったセット売りもしていて、リピーターが多い。

大西が床の掃き掃除を始める傍ら、守川はカウンターの椅子に座り、ギフト用の缶にティーバッグを詰める作業をする。店では茶葉の他、それぞれのお茶を淹れるための茶器やケトル類、お茶請けのお菓子など、店主の守川が吟味して仕入れた品が並んでいた。

自分の好きなものだけで埋め尽くした店内は、幸いにも客に好評だ。店をオープンするのと同時に始めたホームページとブログはぐんぐん閲覧数が伸び、精力的にワークショップを行ったのも功を奏して、これまで二冊の本を出版している。

店をやるようになって三年目の今は他県からの出張のオファーもだいぶ増えたが、守川は店舗経営以外に雑誌にコラムを書いたり、オンラインショップの商品の発送作業があったりと多忙なため、受ける数を調整していた。

「店長の新しい本が出た先週以降、確実にお客さんが増えましたよねー。ランチも完売する時間が前より早まりましたけど、作る数は変えないんですか？」

床を掃きながらの大西の言葉に、守川は作業の手を止めずに答える。

「元々ランチはこの店のメインじゃなくて、カフェのついでに始めたものだからね。これ以上忙しくなっても対応しきれないし、うちは本来お茶屋さんだから、完売したら諦めてもらうしかないな」

「そうですか」

先週、本の出版を記念して大型書店で開催した〝一日茶藝教室〟は好評のうちに終了し、その後店舗まで足を運んでくれる参加者も多くいた。

本の出版や雑誌の取材などは宣伝効果が高く、オンラインショップの売れ行きもぐんと上がって、守川はメディアの威力をひしひしと感じている。

（そういえば、あの日……）

〝一日茶藝教室〟の当日、守川は思いがけない人物と遭遇した。

講座の最中、会場の片隅から参加者に負けず劣らず真剣な眼差しで聞いていた若い女性は、イベント企画会社のスタッフだという。玉谷莉子と名乗った彼女は、半月ほど前に店の前で偶然会い、たまたま顔を覚えていた。

（まさかあのときの子と、イベントで会っちゃうなんてな。……よりによって、恰好《かっこう》悪いところを見られた相手に）

あの日は、個人的にショックなでき事があった。何ともいえない虚しさが胸に渦巻き、気持ちが乱れて、ふと外を見ると雨が上がりかけの空の色がとてもきれいなことに気づいた。

店の前で見上げているうち、つい涙が零れていたが、そこに通りかかったのが赤い傘を差して歩いていた玉谷だ。守川と目が合った彼女は、視線がかち合ったことに動揺し、慌てた様子で謝ってきた。

イベント当日に会場で玉谷の姿を目撃した守川は、あの日店の前で会った人物だと気づき、つい確認を取ってしまった。初心な反応をした彼女の様子を思い出し、守川はふと微笑む。

（……小さくて、可愛い雰囲気の子だったな）

あまり人と話すのが得意ではないのか、守川が声をかけたときの玉谷は顔を赤くしてひどく狼狽《ろうばい》していた。

しかし彼女の言葉や態度からは真面目で誠実な印象を受け、好感を抱いた守川は、気づけば玉谷に名刺を渡していた。

（暇なときにでも、ここに遊びに来てくれればいいけど。中国茶に興味持ってたみたいだし）

「……長、店長？」

ふいに呼ばれているのに気づき、守川は顔を上げる。箒を手にした大西が、こちらを見ていた。

「何？」

「ぼーっとしちゃって、ひょっとして具合でも悪いんですか？　そもそも店長は働きすぎなんですよ。朝も早くから店にいるし、閉店後も何だかんだ忙しくして」

「ああ、平気。何でもない」

比較的暇な午前の時間帯は、数日前に入荷した今年の春茶を大西と試飲し、あれこれと感想を言い合った。

十一時以降はランチ目当ての客が次々と来店して、厨房とフロアはそれぞれ忙しくなる。日替わりランチに付いているドリンクの種類は他店に比べて多いため、大西が銘柄についてて客に丁寧に説明していた。

やがて〝本日のランチは終了いたしました〟と書かれた札を入り口に下げると、忙しさがようやく一段落する。賄いを食べたあとは大西が休憩に入り、守川は客の対応をしながら茶葉の在庫チェックをしたり、商品の出荷作業をして時間が過ぎた。

午後五時半、守川はグァテマラの豆を挽いてコーヒーを落とし、ポットに入れて言った。

「大西くん、川本商事さんのところにデリバリー行ってきてくれる？」

「はい、いってきまーす」

守川茶葉店はごく近所に限ってコーヒーのデリバリーをしており、社員の多くがランチの常連である川本商事は二軒隣の雑居ビルにある。

大西がポットとおまけのクッキーを手に店を出ていき、守川はカウンターの中で洗い物をしていた。すると入り口のドアが開き、反射的に顔を上げて口を開く。

「いらっしゃいませ、……」

遠慮がちに店内に入ってきたのは、二十代前半の小柄な女性だった。

白いカットソーの上にパステルカラーの薄手のカーディガンを羽織り、膝丈のスカートという服装は、品良く清潔感がある。

彼女は守川と目が合うと、わずかに緊張した様子を見せた。そして店内に踏み込み、小さな声で言う。

「こんにちは。お言葉に甘えて……お邪魔してしまいました」

今日の朝、思い出していた人物が来店し、守川は思わず微笑む。濡《ぬ》れた手をエプロンで拭きながら、彼女に向かって言った。

「こんにちは、玉谷さん。ご来店ありがとうございます」

＊　＊　＊

自社が携わるイベントの日程が迫ると残業が多くなるが、終わったばかりの今は比較的暇な時期だ。

六月も半ばを過ぎると朝から気温が上がる日が多く、今日の日中は汗ばむほどの陽気だった。だいぶ過ごしやすい気温になった午後五時、自分のデスクの上を片づけた莉子は、先輩社員に何か手伝うことはないか問いかける。すると三十代の男性社員が答えた。

「今日は特にないかな。遠慮せずに早く帰っていいよ、またすぐに忙しくなるんだしさ」

「はい。では、お先に失礼します」

「お疲れさま」

会社から自宅の最寄り駅までは、地下鉄で六駅だ。十分ほど揺られたあとはさらに八分ほど歩くが、駅から地上に出た莉子はふと立ち止まる。

(どうしよう……今日はいつもより早く帰ってこれたし、やっぱり行ってみようかな)

バッグの中を探り、一枚の名刺を取り出す。

そこには〝守川茶葉店店主　守川響生〟という文字があり、店の住所と大まかな地図が記載されていた。これを渡されたのは、先週行われた書店でのイベントのときだ。〝一日茶藝教室〟の講師である守川は、後片づけの際に莉子に名刺を渡し、「お暇なときに、ぜひいらしてください」と誘ってくれた。

あれから四日、莉子は名刺を見ては悶々《もんもん》としている。

(もし守川さんがただの社交辞令で名刺を渡したのなら、実際にわたしがお店に行ったりしたら迷惑だよね。……でも)

あの日見た講座の内容に、莉子はすっかり魅了されてしまった。どうしても気になった莉子は書店で守川の本を購入し、そのわかりやすい内容と美しい写真にさらに夢中になって、「実際に茶葉店に行ってみたい」という気持ちが膨らむ一方だった。

(何かお店の商品を買えば、大丈夫かな。……もし迷惑そうだったり、忙しそうなら、さっさと帰ろう)

そう決意した莉子は、以前通った道に足を向ける。

駅から出て一本中に入った通りは個性的な店が多く、守川の店以外にも興味をそそられるところがちらほらあった。三分ほど歩くと、左手に真っ白な店舗が見えてくる。

（あ、元々古い建物《アパート》を、改装してお店にしてるんだ……）

建物の横には外階段があり、上が住居になっているようだ。二階部分の壁は相当年季が入っていて、店舗のスタイリッシュさとかなりのギャップがあった。

木製のドアの横には大きな観葉植物の鉢と黒板が置かれ、日替わりランチやスイーツ、新入荷や再入荷の茶葉リストが書かれている。

（今日の日替わりスイーツは、コーヒーゼリーのあんみつとレモンパウンドケーキ？……美味しそう）

深呼吸した莉子は、ドアをそっと開ける。

入ってすぐのフロアにはケトルやマグカップ、ガラスの茶器などが陳列され、ギフト用の箱詰め商品や菓子類も多かった。雑誌のコーナーもあり、奥はカフェスペースになっていて、真っ白な壁と観葉植物がアクセントになった店内はクールで都会的な雰囲気だ。

真正面には小さなカウンター、その向こうの壁面には茶葉が入っているらしい銀のアルミ缶がズラリと並んでいる。下の段には日本や中国の急須が整然と置かれ、眼鏡を掛けた背の高い青年がうつむいて何か作業をしていた。

ドアベルの音に気づいた彼が顔を上げ、「いらっしゃいませ」と言ってこちらを見る。目が合った瞬間、莉子はドキリとしてその場に立ちすくんだ。慌てて口を開き、挨拶する。

「こんにちは。お言葉に甘えて……お邪魔してしまいました」

守川の顔を見ると、途端に後悔の念がこみ上げた。

社交辞令を真に受けて店までやって来た自分に、彼は呆《あき》れていないだろうか。そんな思いが渦巻いたものの、莉子の顔を見た守川はニッコリ笑う。そして洗い物の手を止め、エプロンで拭きながら答えた。

「こんにちは、玉谷さん。ご来店ありがとうございます」

守川の笑顔は優しく、声も穏やかで威圧感がない。

彼がこちらの名前を覚えていてくれたことが、莉子にとっては驚きだった。張り詰めていた緊張がみるみる解けていくのを感じ、ホッと気配を緩める。

天井から吊《つ》るされたいくつもの裸電球が照らす店内は明るく、抑えた音量でジャズが流れていた。コーヒーの芳醇《ほうじゅん》な香りが鼻先を掠《かす》め、莉子はこの店が中国茶だけではなくハーブティーやコーヒーも扱っていたことを思い出す。

守川が声をかけてきた。

「今日はお仕事帰りですか？」

「はい。あの……たまたま早く終わったので、こちらに来てみようと思って」

「そうですか。イベント企画会社さんは帰りが遅いイメージを持っていたんですけど、早く帰れる日もあるんですね」

正面のカウンターは右端にレジがあり、その横に背の高い椅子《スツール》が二つ置かれている。守川が微笑んでその席を勧めた。

「どうぞ、座ってください。今日は先週の講座で中国茶に興味を持たれてご来店したということでよろしいですか？」

「は、はい」

「ではあのとき紹介したお茶を、いくつか試飲してみませんか」

そう言って守川は、電気ケトルに水を入れ、湯を沸かし始める。そして背後の棚からアルミ缶をひとつ手に取り、茶則と呼ばれる匙《さじ》で茶葉を小さな器に入れて、莉子の目の前に置いた。

「まずは青茶、いわゆる烏龍茶ですね。茶葉の発酵をある程度で止めているので、〝半発酵茶〟と呼ばれています。その度合いは十パーセントから八十パーセントまで幅広く、銘柄によってかなり味の違いがあります」

守川が用意したのは、台湾を代表するお茶である凍頂烏龍茶だ。緑茶に近い味わいで、爽やかな香りが特徴だという。

「気軽に飲みたいときはマグカップに茶葉を若干多めに入れて、直接お湯を注いでください。最初は茶葉が浮いてますけど、次第に沈んでいきますから大丈夫です。不思議なことに渋みがまったく出ない茶葉なので、差し湯してお好みの濃さで愉しむのがお勧めです」

「マグカップで……ですか？」

「はい。でもせっかくなので、今日は茶器を使ってちゃんと淹れたものを飲んでいただこうかと思います。茶葉本来の味や香りが愉しめますから」

そう言って守川は、カウンターの上にガラス製の小ぶりな茶海《ピッチャー》、白磁の蓋碗、そして小さな飲杯を並べる。

それぞれにお湯を注いで温める傍ら、蓋碗に茶葉を入れ、お湯を注いですぐに茶海に捨てた。彼は丁寧に説明する。

「これは〝洗茶〟という作業で、茶葉をふやかして開かせる目的があります。このあとは新しいお湯を蓋碗の八分目まで注ぎ、蓋をして蒸らすのですが、凍頂烏龍ならだいたい一分くらいかな。もっと長くするかどうかは、淹れる人の好みです」

蒸らし終わったら蓋碗の蓋をわずかにずらし、茶葉が零れないようにしながら、茶海にお茶を注ぐ。

守川の大きな手が、蓋碗を軽々と持ち上げながら人差し指を丸めて蓋を押さえている様子はひどく手慣れていて、莉子は思わずそのしぐさに見惚《みと》れた。彼は最後の一滴まで茶海に注いだあと、中身を飲杯に振り分け、そのひとつを莉子に差し出してくる。

「どうぞ」

「……いただきます」

小さな飲杯に注がれた明るい黄緑色のお茶を、莉子はそっと啜《すす》ってみる。

途端に馥郁《ふくいく》とした香りと柔らかな甘みを感じ、じんわりと感動をおぼえた。

「美味しいです……！」

「そうですか、よかった。凍頂烏龍茶は、昔はしっかり焙煎《ばいせん》して香ばしさを出した〝濃香《ノンシャン》系〟が多かったんですが、近年は焙煎をしない〝清香系《チンシャン》〟が主流になっています。味の奥行きと深みは、日本茶に似たものがありますね」

そのとき背後でドアが開き、「ただいま戻りましたー」という元気な声がする。

振り向くとそこには二十代前半の男性がいて、こちらを見ていた。カウンターに客がいるのが意外だったのか、彼は一瞬目を丸くし、すぐに笑顔になる。

「いらっしゃいませ」

「大西くん、こちら玉谷さん。先週の〝一日茶藝教室〟を企画した会社の人で、今日は仕事帰りに遊びに来てくれたんだ」

大西と呼ばれた青年はこの店の従業員らしく、守川の言葉を聞いてにこやかに挨拶してくる。

「初めまして、玉谷さん。スタッフの大西です」

「……初めまして」

彼は身長が一七〇センチ台前半の細身の体型で、整った顔立ちをしている。髪形や服装にはいかにも今どきの若者という雰囲気が漂い、スタイリッシュな店内によく馴染《なじ》んでいた。

レジにお金をしまいつつ、大西がポケットから饅頭《まんじゅう》を二個取り出して言った。

「店長、川本商事の社長さんにお饅頭のお裾分けをいただいちゃいました。うちがデリバリーのおまけにいつもクッキーを付けてるから、そのお返しにって」

「そっか。ありがたいね」

その後、莉子は微発酵である白茶の白牡丹《はくぼたん》、そして緑茶の西湖龍井《せいころんじん》を試飲させてもらう。

それぞれ違う味わいに感嘆しながらホッと息を漏らすと、守川が問いかけてきた。

「この中では、どれがお好みでしたか？」

莉子はひとつひとつの味を思い浮かべ、慎重に答える。

「全部美味しかったんですけど……白牡丹が、一番好きな味かもしれないです」

莉子の言葉を聞いた守川が頷《うなず》き、柔らかな口調で言う。

「白牡丹は産地が福建省北部に限られていて希少な上、茶葉の中では二番目にグレードが高い一芯二葉から作られているお茶です。果実香と蜜香が入り混じった香りが華やかですし、味も自然な甘さとコクがあって、人気の銘柄なんですよ。玉谷さんは、なかなかいい舌をお持ちですね」

「そ、そんな」

店の奥のカフェスペースには二組の客がいたが、カフェは午後六時で終わりらしく、席を立って帰り支度をしている。大西がレジで会計をしている横で、莉子は慌てて言った。

「あの、わたしもそろそろお暇《いとま》します。試飲したお茶を買わせていただきたいんですけど、茶葉は量り売りなんでしょうか」

「試飲したからといってお買い上げいただく義務はありませんから、どうかご安心ください。それより玉谷さん、もし興味があれば、今週の木曜にこの店で開催する中国茶講座に参加しませんか」

「えっ？」

「募集人数は十名で既に定員に達していたんですが、今日一名キャンセルが出たんです。十九時から一時間半程度、おやつとお土産付きで、先週の〝一日茶藝教室〟よりアットホームな雰囲気ですよ。いかがですか？」

突然の誘いに、莉子は咄嗟《とっさ》に返す言葉に迷う。

だが先週のイベントは確かに興味深く、今日試飲させてもらったお茶はどれも美味しかった。もっと中国茶について知りたいという気持ちもあり、迷った末に頷く。

「じゃあ……ぜひ。木曜は会社が休みですし」

「そうですか。こちらがそのチラシです」

差し出されたチラシには、詳しい日程と会費が書かれている。受け取った莉子はそれを丁寧に畳んでバッグにしまうと、守川に向かって言った。

「あの、やっぱり先ほどの白牡丹を少しいただいてもいいですか？　お茶を淹れるのに必要な茶器も購入したいので、アドバイスしていただけたらと思うんですけど」

店に来たからには何か買って帰るのが、最低限の礼儀だ。そんな莉子の言葉を聞いた守川が、微笑んで答える。

「確かに中国茶を淹れるための茶器はいろいろ種類がありますが、すべてをいっぺんに購入するのは金額的にも大変です。まずは必要最小限、慣れてきたら気に入った品を徐々に買い足していくことをお勧めしています。とりあえず今日、僕が玉谷さんにお勧めするのはこれです」

カウンターから出てきた守川が、ショップの壁面に陳列された商品のひとつを手に取る。手渡された莉子は、戸惑って彼を見上げた。

「これは……？」

「白牡丹のティーバッグです。五個入りで、一個当たり一四〇円という値段は少々割高に感じるかもしれませんが、お湯を注ぎ足しながら一リットル程度飲めるので、実際はかなりお買い得です。これなら特別な道具がなくてもご自宅で気軽に白牡丹を飲めますし、暑い時季は水出しでも美味しいですよ」

シルバーのパッケージはクールな印象で、パッと見は中国茶が入っているようには見えない。

もっと高い金額を払うことを覚悟していた莉子は、守川の態度にこちらに対する気遣いを感じた。

（最初だし、あまり負担にならない金額のものを勧めてくれてるのかな。……商売なんだから、別に構わないのに）

守川は物腰が柔らかく、押しつけがましいところが一切ない。茶葉に関する説明も明瞭でわかりやすく、元々人と話すのがあまり得意ではない莉子も、気づけば気負わずに話すことができていた。

彼が言葉を続けた。

「茶器に関しては何から揃《そろ》えればいいかをその都度アドバイスしますし、気に入った茶葉などがあれば、お好きな分だけ量り売りもできます。まずは木曜の中国茶教室で、基本的なことを学んでからがいいかと思いますが、いかがでしょうか」

守川がそう提案してきて、莉子は頷く。

「はい。……じゃあ今日は、このティーバッグをいただいていいですか？」

守川がふっと微笑み、莉子はドキリとする。彼が機嫌が良さそうな表情で言った。

「お買い上げありがとうございます。今お包みしますから、少々お待ちください」

第三章

茶葉全般を取り扱う守川茶葉店では、月に二度ほど中国茶や台湾茶、ときにはコーヒーの淹《い》れ方教室を開催している。

木曜の今日は夜に中国茶教室が行われるため、その分のスイーツも多く仕込まなければならなかった。メニューは伊予柑《いよかん》のコンポート入りバニラアイスのクッキーサンドと、ほうじ茶のロールケーキだ。

「んっ、美味い。これ、伊予柑のフルーティーさがいいですね、アイスも甘すぎなくて」

伊予柑アイスを味見した大西が、スプーンを舐《な》めながら言う。

その傍ら、守川は和三盆を振り入れた生クリームを泡立て、甘さを確認していた。そしてほうじ茶を混ぜ込んで焼いたスポンジの上に塗り広げ、黒豆を散らす。クッキングシートを持って慎重に巻いていきながら、守川は大西に言った。

「大西くん、残り二本のロール、お願いしてもいいかな」

「いいですよ。あ、締め具合を同じにしたいんで、店長がやったほうはまだ冷蔵庫にしまわないでくださいね」

「うん」

大西は製菓と調理の専門学校を出ているため、安心して作業を任せられる。

ロールケーキの仕上げを彼に任せた守川は、ランチの仕込みの続きをした。今日のパンのセットはブロッコリーとゆで卵のチーズトースト、ご飯はグリル夏野菜のカレーライスだ。いずれもグリーンサラダとヨーグルト、そして選べるドリンクが付く。

（……そういえば今日の中国茶教室には、彼女が来るんだっけ）

二日前にこの店にやってきた玉谷莉子の姿を思い浮かべ、守川はふと微笑む。

先日の〝一日茶藝教室〟で扱ったのと同じ茶葉を試飲させたところ、彼女は目を輝かせて喜んでいた。

（買っていった白牡丹、もう飲んだかな。今日は楽しんでくれるといいけど）

そうしてショップをいつもより早く閉めた午後七時、守川茶葉店では中国茶教室が開催された。

会場が外ではなく自分の店である分、守川はリラックスして話すことができる。十名という定員は目が行き届きやすい規模で、中には何度か参加している人もいて会話が弾んだ。

やがて午後八時半、講座を終えた参加者たちが帰り仕度をする中、守川は玉谷に声をかける。

「玉谷さん、今日の中国茶教室はいかがでしたか」

「あっ、はい！」

突然声をかけられて驚いた様子の彼女が、ビクッとして振り返る。

今日の玉谷は白のVネックの半袖カットソーに若草色のスカートを合わせた、清楚《せいそ》な服装だ。柔らかな色味の髪が肩口に掛かり、首周りのほっそりしたラインを引き立てていて、華奢《きゃしゃ》なデザインのピアスとネックレスがよく似合っている。

彼女がおずおずと答えた。

「あの……すごく楽しかったです。実際に茶器を使って淹れられたり、抽出時間で味が変わるのを実感できて」

「玉谷さんは真剣に話を聞いてくださるので、こちらも説明のしがいがあります。ところで先日お買い上げいただいた、白牡丹はどうでしたか？」

守川の問いかけに、玉谷がパッと目を輝かせる。

「美味しかったです……！　守川さんがおっしゃっていたとおり、ひとつで何杯も飲めて、とてもお得だと感じました。ティーバッグだと中国茶という敷居の高さを感じずに愉しめるので、他の種類も試してみたくなって」

「先日お勧めしたティーバッグのシリーズは全部で八種類あって、茉莉毛峰《まりもうほう》や雲南紅茶など、いろいろな味を愉しめるようになっています。お気に召したなら、ぜひ他のものもどうぞ」

答えながら、守川は玉谷を見下ろし、思わず微笑んでいた。

（……可愛いな）

先日の書店でのイベント、そして今日の講座の最中も、玉谷がこちらの話に真剣に聞き入ってくれているのはその目を見ればわかった。

何よりお茶を試飲した際の表情が本当に素直で、そんな彼女に守川は好感を抱いている。玉谷が先日お茶を淹れる道具について興味を示していたのを思い出し、守川は言葉を続けた。

「それから前回お話ししていた茶器についてですが、ご購入するならまずは蓋碗をお勧めします。あとは茶海と飲杯かなと思うのですが、玉谷さんのお好みのものを取り寄せることもできますので、お時間があるときにご来店ください。ショップは八時まで開いてますから、仕事帰りにでもお気軽に来ていただければ」

「はい、ありがとうございます。近々またお邪魔させていただきます」

＊　＊　＊

暦が七月の半ばとなった最近、気温が三十度近くの夏日が続いている。

今日も朝からぐんぐん気温が上がり、眩《まぶ》しい日差しは日中の厳しい暑さを予感させた。

朝七時過ぎ、自宅で会社に持っていくお弁当を作り終えた莉子は冷蔵庫を開ける。取り出したのは、水出しの中国茶だった。

（今日もマイボトルでお茶を持っていこうかな。美味しいんだよね、これ）

茶葉店店主の守川お勧めの蘭韻白毫《らんいんびゃくごう》という雲南緑茶は、水色はとても薄いのにふんわりと蘭の香りが漂い、味はミントに似た爽やかさがある。

熱湯で淹れたものは柔らかな甘みとスパイシーさを感じるものの、水出しはガラリと印象が変わって、すうっと風が吹き抜けるような清々しさが暑い日にぴったりだった。

莉子が守川茶葉店に通うようになって、そろそろ一ヵ月が過ぎようとしている。彼の店を訪れ、気になる銘柄を試飲させてもらったり、中国茶教室に参加し、すっかりお茶の世界に魅了されてしまっていた。

（気がつけば、かなりの頻度で顔を出してる。……あのお店の居心地がいいからかな）

莉子は引っ込み思案な性格で、人と話すことがあまり得意ではない。

自分のそうした部分を克服したいと思い、就職先は思いきってイベント企画会社を選んだ。運よく採用されたものの、急に人と接するのが得意になるはずもなく、二年目の今も殻を破れないまま毎日を過ごしている。

（こんなんじゃ駄目だって、わかってる。……せっかく今の会社に入ったんだから、自分が率先して企画できるようにならなきゃいけないんだって）

同期入社した社員は既にプランナーとして企画を採用され、自分のアイデアを形にしている者もいた。しかし莉子は、二年経った今も営業アシスタントの地位に留まったままだ。

入社当時に指導してくれた先輩の宇野は、「玉谷さんのサポートは丁寧で信頼できるから、今のポジションを極める方向でもいいんじゃないかな」と言ってくれていた。

確かにアシスタントの仕事もやりがいがあり、イベントの当日運営に携わるのも楽しい。だが心の隅には常に「このままではいけない」という思いが燻《くすぶ》っていて、じりじりとした焦りばかりが募っていた。

（わたしはきっと……自分に自信がないんだ。胸を張れることが、何もないから）

引っ込み思案で、口下手な自分を変えたい。そう考えて数年が経つのに、実際は何も変わっておらず、手をこまねいている。

そうした中で守川茶葉店に通い出したことは、莉子にとってかなり思いきった行動だった。中国茶について知識を深めたいのはもちろん、ここ最近は店主の守川やスタッフの大西との会話が、日常の大きな刺激となっている。

いつ行っても、あの店はとても居心地がいい。守川の穏やかな物腰、そして大西の明るい接客は口下手な莉子を優しく受け止め、いつしか気負わずに落ち着いて話せるようになっていた。

会社帰りに立ち寄って二十分ほど過ごしたり、誘われるがままに休みの日にランチやお茶をしに行ったりと、気づけば週に二、三回は顔を出している。

（それに……）

守川茶葉店では、店主の守川が行なう中国茶教室の他、切り絵のワークショップや本の朗読会、一眼レフの写真講座など、幅広いイベントを開催している。

いずれも守川の知人が講師を行うもので、店はドリンクや手作りスイーツなどを提供し、毎回好評らしい。

先日店内で顔を合わせたのは、守川の友人だというフラワースタイリストの女性だった。ほっそりとして目元の泣きぼくろが色っぽい彼女はちょうど守川と打ち合わせ中で、近々守川茶葉店でフラワーアレンジメントのワークショップをやると言っていた。

（「日程が合うなら、ぜひどうぞ」って誘われたけど……どうしようかな。お花を生けるの、すごく楽しそうだけど）

開催されるイベントはどれも今まで縁のなかったことばかりで、莉子にとってはかなり敷居が高い。

しかし意識してそういう場に参加するのは、今後の仕事にも役立ちそうだ。対人面でも経験《インプット》という意味でも、自分の幅を広げるのに最適だと感じる。

（引っ込み思案な部分を変えるためだもんね。守川さんや大西くんもいるから、まったく知らない人ばかりじゃないし）

ワークショップに参加することを決めた莉子は、足取りも軽く会社に向かった。オフィスで自分のパソコンを起動しているうち、やがて朝礼の時間になる。

すると支社長の前田《まえだ》が一人の若い男性を伴って事務所に入ってきて、周囲が少しざわめいた。彼は起立した社員たちに向かって「おはようございます」と挨拶し、隣の男性を紹介した。

「当社が業務拡張のため、新しい人員を募集していたのは周知のことと思いますが、このたびイベント事業部に一人採用が決まりました。八木浩人《やぎひろと》くんです」

　中背で細身の彼は、スーツをきっちりと着こなした姿に清潔感があり、前田に促されて自己紹介をした。

「八木浩人です。大学卒業後は食品メーカーに就職して営業をしていましたが、事業所の閉鎖に伴い、退職しました。かねてから興味のあったイベント企画ができるこの会社に採用していただけて、楽しみな気持ちでいっぱいです。年齢は二十五歳、何事にもポジティブなところが長所です。よろしくお願いいたします」

　社員たちが拍手をし、前田が他の連絡事項を話し始める。

　それを上の空で聞きながら、莉子は信じられない気持ちで八木を注視していた。

（嘘《うそ》……人違い？　でも名前や年齢が同じだし、面影も――）

　心臓がドクドクと速い鼓動を刻み、顔から血の気が引いていく。八木浩人という新入社員に、莉子は確かに見覚えがあった。

（どうして？　……こんなところで会っちゃうなんて）

　前田の横で社員たちの顔を眺めている八木と目が合いそうになり、莉子は慌ててうつむく。

　彼のほうは、こちらを覚えていないかもしれない。しかし莉子にとっての八木は、元々引っ込み思案だった性格に拍車をかけるきっかけを作った人物だった。

　鬱々とした気分で過ごしたその日、莉子は何とか八木と接点を持たずに仕事を終える。

会社を出ると、朝の天気とは打って変わってぐんと気温が下がり、ポツポツと雨が降り出していた。

バッグの中にあった折り畳み傘を差し、莉子は会社から五分歩いて地下鉄に乗り込んだ。最寄り駅に着いて地上に出た途端、気づけば足が守川茶葉店に向かっている。

もうすっかり日が落ちた午後七時半、店には皓々《こうこう》と明かりが点き、窓ガラス越しにスタイリッシュな陳列が見えた。莉子はドアを開け、店内に足を踏み入れる。

「……こんばんは」

「いらっしゃいませ、玉谷さん」

カウンター内に座って宅配の伝票を貼っていた守川が、顔を上げて微笑む。

その穏やかな笑顔を見た瞬間、ふっと緊張が緩み、莉子は沈んでいた気持ちがほんの少しだけ楽になるのを感じた。彼がにこやかに問いかけてくる。

「お仕事帰りですか？　今日はわりと時間が遅めですね」

「はい。ちょっと肌寒くなったので、温かいものを飲んで帰ろうかと思って」

そう口にした莉子は、ふとこの店のカフェスペースが六時で終了なのを思い出す。

時刻は既に七時半を過ぎていて、とっくに終わっている時間だ。莉子は慌てて守川に向かって言った。

「あ、あの、カフェはもう終わってますよね？　ごめんなさい、うっかりしてて。また来ます」

そう言って踵《きびす》を返し、帰ろうとする莉子の背後で、声が響く。

「待ってください。確かにカフェは終わってますけど、他にお客さんもいませんから、どうぞ座ってください」

「でも……」

「玉谷さんは常連さんなので、特別です。お茶の一杯くらいたいした手間じゃありませんし、気にしなくていいですよ」

カフェではなくレジ横のカウンターの椅子を勧められ、莉子は遠慮がちに腰掛ける。守川が微笑んで言った。

「お任せでいいですか？　実は玉谷さんに、飲んでいただきたいものがあるんです」

「はい」

「では、少々お待ちください」

守川がカウンター内で作業を始め、莉子は小さく息をつく。

（わたし、時間を確認しないで来たりして……何だか悪いことしちゃった）

たとえ守川が〝常連〟と言ってくれても、営業時間のルールはしっかり守るべきだ。

そう自分を戒めているうちに、彼が目の前にカップとソーサーを置く。そして手に持ったポットから中身を注いできて、莉子はしげしげとそれを見つめた。

「紅茶、ですか……？」

「はい。ダージリンのセカンドフラッシュ、つまり夏摘み茶です」

紅茶の中で一番スタンダードな銘柄であるダージリンは、年に三回、春、夏、秋の収穫時季があるという。たとえ同じ産地のものでも、季節ごとに味や香りにはっきりとした違いがあるらしい。

「春摘みはファーストフラッシュと呼ばれ、癖がなく香りが爽やかです。その後少し間を置いて摘まれるものがセカンドフラッシュなのですが、インド北東部のダージリン地方で採れるセカンドフラッシュは、独特の甘みを持ちます。この土地の夏摘みのみに出るフルーティーな香りと味わいは〝マスカテルフレーバー〟と呼ばれ、紅茶の最高品質といわれているんです」

守川に「一杯目は、ぜひストレートで」と勧められ、莉子はそっとカップの中身を啜《すす》ってみる。

途端にマスカットのような香りとほんのりとした甘さが広がり、ほうっと感嘆の息を漏らした。

「美味しい……本当に果物みたいな、いい香りがするんですね」

「渋みを感じるときは、ほんの少し砂糖を入れることをお勧めします。ちなみに秋摘みはオータムナルといって、味も渋みも強くなり、ミルクティー向きです。このセカンドフラッシュも、濃い目に淹れればミルクティーでも美味しいですよ」

その場合はポーションのミルクではなく、ちゃんとした牛乳を入れればより美味だという。何気なく周囲を見回した莉子は、守川に問いかけた。

「ところで大西くんの姿が見えないなと思ったんですけど、六時半で上がりなんですよね」

「はい。彼の通常のシフトは朝九時から午後六時半までで、店でイベントがあるときや僕の出張のときだけ、最後まで残ってもらっています。今日は合コンに行くとかで、張り切って帰っていきましたよ」

「あ、そうなんですか……」

いかにも今どきの若い男の子という雰囲気の彼は、見た目どおりに私生活が充実しているらしい。

ふと横を見ると、先ほどより少しだけ強まった雨が店の窓ガラスを伝って落ちていくのが見えた。店内には抑えた音量でジャズがかかり、とても落ち着いた空間だ。莉子がカップの紅茶を啜ると、ふいに守川が言う。

「――何か、気がかりなことでもありましたか？」

「えっ？」

「先ほど店に入ってきたとき、少し沈んだ感じだったので」

莉子は驚き、守川を見つめる。確かに気持ちが沈んでいたが、それを彼に見抜かれるとは思わなかった。莉子は視線を泳がせ、ポツリと言う。

「すごい。守川さんは……お客さんを、よく見てるんですね」

「まあ、常日頃たくさんの人に会う商売ですし。お客さんの体調次第でお勧めするものを変えたりしますから、それとなく顔色などを観察しているかもしれません」

穏やかに言った守川は、手元の洗い終わった茶器類を布巾で拭き始める。

こちらに質問を投げかけつつも、彼の態度には押しつけがましさが一切ない。答えたくなければ答えなくてもいい、そんな雰囲気が漂っていて、莉子は少し迷ったあとで口を開いた。

「実は……会社でちょっと嫌なことというか、困ったなって思うことがあって」

「何ですか?」

「今日、中途採用の男性社員が入ってきたんです。業務拡張のための人員募集で来た人なんですけど……その人が、中学時代の同級生で」

――八木浩人は、莉子が中学二年のときに同じクラスだった同級生だ。

当時からおとなしかった莉子と、にぎやかで目立ちたがりな八木は正反対のタイプで、最初はまったく接点がなかった。

しかしふとしたきっかけで彼は莉子に興味を持ち、学校で事あるごとに構うようになって、それが周囲の人間関係を拗《こじ》らせる原因となってしまった。

「中学二年の、二学期でした。そのとき八木くんには……つきあっている女の子がいたんです。その子はクラスの中心になってる目立つ女子で、八木くんがわたしに構っているのに気づいたその彼女は、烈火のごとく怒りました」

莉子は八木に対してまったく恋愛感情がなく、むしろ付き纏《まと》われることにひどく困惑していた。

だが彼女――橋本亜美《はしもとあみ》はプライドを傷つけられたらしく、怒りの矛先を莉子に向けてきた。

「休み時間にクラスメイトたちの目の前で、『人の彼氏に手を出すなんて、一体どういうつもり？』って、強く責められたんです。八木くんは周囲に咎《とが》められて自分の行動のまずさを悟ったのか、すぐにわたしに構うのをやめたんですけど、橋本さんの怒りは収まらなくて……。卒業までの一年半、彼女とその取り巻きの子たちにときおり嫌味を言われたり、睨《にら》まれたりしながら、ずっと小さくなって過ごしました」

莉子が八木に横恋慕した事実はなく、彼の気まぐれに振り回された形で、完全なとばっちりだった。

同情してくれるクラスメイトも多く、残りの中学校生活はまったくの孤独ではなかったものの、あからさまに悪意をぶつけられる日々は莉子の精神をひどく疲弊させた。

結果的に中学時代のでき事は、元々おとなしかった莉子の性格に拍車をかけた。人と接するのが怖くなり、話すときは極度に緊張してしまう。どんな場面でも目立たないように振る舞うのが癖になって、そんな自分に惨めさをおぼえていた。

「わたし、人と話すことが……すごく苦手なんです」

カップの中の赤い液体を見つめ、莉子はポツリとつぶやく。

「いつも相手の顔色を窺《うかが》ってしまうんです。嫌われたくない、あまり自分に関心を持たれたくないって考えて、ビクビクして……。そういう弱い性格を変えたくて、積極性や社会性を身に着けるために、就職先はイベント企画会社を選びました。でも、まさかその原因になった八木くんが——入社してくるなんて」

新入社員が彼だと知った瞬間、莉子の中に中学校時代のトラウマがよみがえった。

八木の顔を見ると、莉子は嫌でもあのでき事を思い出させられ、身体がすくんでしまう。今の会社に入社して一年余り、目立った功績はなくとも、莉子は真面目なアシスタントぶりを高く評価されてきた。

社員の人たちにも慣れ、ようやく緊張せずに話せるようになったところなのに、もし八木にまた人間関係を引っ掻《か》き回されたらどうしたらいいのだろう。

そう考えると焦りがこみ上げ、居ても立ってもいられない気持ちになっていた。

「気にしすぎかもしれないっていう気持ちも、自分の中にはあるんです。もう十年も前のことを、いつまでも気にするほうがどうかしてるって。八木くんはわたしを、覚えてないかもしれないですし」

「——そんなことないですよ」

静かだがはっきりとした口調で、守川が言う。

「中学時代に一年以上も針の筵《むしろ》のような学校生活を送っていたのなら、トラウマになって当たり前です。その元凶となった人物と再会した玉谷さんが塞ぎ込むのは、もっともだと思います」

守川がそう肯定してくれ、莉子の胸の奥がぎゅっと強く締めつけられる。目がじんわりと潤み、涙がポロリとひとしずく落ちて、慌ててうつむいた。

（やだ、わたし……泣くなんて）

莉子が自分の過去について話すのは、守川が初めてだ。

本当に苦しかった中学時代、親に心配をかけるのが嫌で何も言えず、家では精一杯普通の顔をしていた。

高校や大学でできた友人にも、あの一件に関しては思い出したくないという気持ちが勝り、自分から中学時代の話をしたことは一度もなかった。

二人の間に、束の間沈黙が満ちる。やがて守川が口を開いた。

「その同級生ですが、これからも日常的に顔を合わせるんですか？」

「はい。……同じイベント事業部の所属なので」

「そうですか。ならば彼の顔を見るのも嫌でしょうが、過去は過去として割りきるしかないと思います。私的な会話をするのはなるべく避けて、当たり障りのない対応をするのがベストかと」

守川の言葉に莉子はうつむき、「……そうですよね」と答える。

彼が言葉を続けた。

「それでも対応に困るような言動をされた場合は、すみやかに周囲に相談してください。事態を長引かせず、すぐに断固とした態度を取ることが大事です。彼の昔の振る舞いは、子どもにありがちな自己中心的な思考からくる行動といえば説明がつくかもしれない。普通は大人になるにつれ、そうした部分はなくなっていくものですが、持って生まれた性格や人間性はそうそう変わらないものですしね。極力二人きりにならないよう、気をつけたほうがいいかもしれません」

莉子にそうアドバイスした守川は、安心させるように微笑んで言った。

「ただしそうやってガードしても、同じ職場だときっとストレスが溜《た》まると思います。僕は全面的に玉谷さんの味方なので、毎日だって愚痴を吐きに来ていいですよ。こうして相談に乗れますし、カフェが終わっている時間でも、うちの商品を買わなくても、まったく構いませんから」

「……っ」

莉子はぐっと顔を歪《ゆが》める。

弱っているときにこんなにも優しくされると、都合のいい誤解をしてしまいそうになる。だが守川は、誰が相手でもこうするはずだ。この店には常連が多く、彼が男女問わず気さくに会話をしている様子を、莉子は何度も目撃している。

（勘違いしちゃ駄目。守川さんにとって、わたしはただの客にすぎないんだから。……でも）

思わずグラリと気持ちが揺れてしまうくらい、気づけば莉子は彼に心を許していた。

中学時代のトラブルがあって以降、莉子は異性と関わるのが怖くなり、二十五歳の今まで男女づきあいをしたことは一度もない。高校や大学のときに告白された経験はあるものの、その全部を断っている。

(他の男の人は怖く感じるのに、何で守川さんは安心できるんだろう。……物腰が穏やかで、話し方も優しいからかな)

この店のスタッフである大西も、莉子が何とか話せる異性のうちの一人だ。

だが彼はいかにも今どきの若者という風貌をしていて、話すときにほんの少し気後れしてしまうのは否めない。

対人関係に消極的な莉子がこれほどまでにこの店に通い詰めているのは、店主の守川の人柄によるところが大きい。ふいに彼に対する気持ちに慕わしさが混じっているのを悟り、莉子は何ともいえない気まずさをおぼえた。

(わたし……)

こんな気持ちを抱くのは、きっと守川に迷惑だ。

彼は背が高く、容姿も整っていて、仕事でも成功している。そんな人間ならとっくに交際相手がいるのが自然で、たとえ好意を募らせても叶《かな》うはずがない。

莉子は顔を上げ、精一杯の笑顔を浮かべる。そして守川に向かって言った。

「ありがとうございます。守川さんにお話を聞いていただけて、少し気持ちが楽になりました。アドバイスしていただいたことを頭に置いて、今後対処するときの参考にしたいと思います」

壁掛けの時計の時刻は、もうすぐ八時になろうとしている。

莉子はバッグを手に取り、財布を取り出そうとした。

「お茶、ご馳走《ちそう》さまでした。すごく美味しかったです。おいくらですか？」

「これはサービスでお出ししたものなので、お代は結構ですが。……そういう顔をするから、きっとその同級生は玉谷さんに構いたくなるんでしょうね」

「えっ？」

守川の言葉の意味を図りかね、莉子は彼の顔を見つめる。守川が笑って言葉を続けた。

「玉谷さんは女性としてとても魅力的なので、もっと自信をつけたほうがいいと思います。どうにも危なっかしくて、見ていられない」

「……あの……」

ふと眼鏡越しにこちらを見てくる守川の眼差しにいつもと違う色を感じ、莉子はドキリとする。

彼が穏やかな口調のまま、思いがけないことを言った。

「玉谷さん、いきなりこんなことを言うのは不躾《ぶしつけ》かもしれませんが、僕が見たところあなたは異性とつきあったことがないように感じます。違いますか？」

「そ、……そうです」

突然の指摘に、莉子の頬がじわじわと赤らんでいく。まさか自分の経験のなさが、守川に見抜かれているとは思わなかった。

（でも八木くんの話もしちゃったし、当然かな。いつも人と話すときにおどおどしてるか

ら、守川さんから見たら丸わかりなのかも）

そんな莉子を見つめ、守川が話を続ける。

「過去のでき事のせいで人との会話に身構えてしまう部分があるのは、先ほどから話を聞いていて充分に理解できます。でもそのせいか、玉谷さんは恋愛経験のなさがあからさまに挙動に出ていて、男性を前にした際に極度に緊張していることが伝わってしまうんです。そうした態度は、ときに相手の興味をひどくそそってしまう場合があります」

守川の言葉を聞いた莉子は、困惑して彼を見つめる。

確かに守川の指摘どおり、莉子は異性を前にすると極端に緊張してしまう。だが「そんな態度が悪い」と言われても、具体的にどうしたらいいのかわからない。

まるで責められているような気持ちになり、莉子はいたたまれなさをおぼえて目を伏せた。そのとき守川が言った。

「なので僕からひとつ、ご提案があるのですが。――玉谷さん、自分に自信をつけてみるのはどうですか」

「えっ？」

驚いて顔を上げると、彼が微笑む。

「異性を前にしたときに緊張する癖を改善すれば、同級生に対するトラウマも幾分和らぐかと思うんです。たとえ会社で彼にニアミスする機会があったとしても、落ち着いて対処できるようになるのではないかと」

「そ、それは一体、どんなことをすればいいんですか……？」

莉子は勢い込んで問いかける。

もしそんな方法があるなら、ぜひ試してみたい。そもそも〝引っ込み思案な自分を変えたい〟という考えは以前からあって、しかしどうすればいいのかわからず、手をこまねいていたのが現状だ。

思わずカウンターに前のめりになる様子を見つめ、守川がニッコリ笑う。驚く莉子に、彼はさらりと答えた。

「玉谷さん自身が、異性に慣れるのが一番いいと思います。その相手として僕が立候補したいのですが、いかがですか？」

第四章

守川の提案を聞いた玉谷が、びっくりした顔で固まっている。それを見た守川は、「無理もない」と考えた。

（自分が他人にどう見えているのか、この子はわかっていなさそうだからな）

守川の目から見た玉谷は、清楚《せいそ》でとても可愛らしい。ほっそりと華奢《きゃしゃ》な体型や透明感のある肌、大きな瞳や愛らしく整った顔立ちは、すべてが好ましく映る。

おそらく同じような印象を受け、彼女を異性として意識する男性は多いに違いない。しかし守川が見た目以上に気になったのは、その内面だった。

玉谷がおそらく対人関係を苦手としていることは、初めて言葉を交わしたときのぎこちない態度ですぐにわかった。先ほど聞いた中学時代の話は本当に気の毒で、彼女にいらぬトラウマを植えつけた同級生カップルに対し、守川の中に静かな怒りがこみ上げる。

（くだらない痴話喧嘩《ちわげんか》に巻き込んだ挙げ句、逆恨みして卒業までネチネチ嫌がらせするなんて。……そんなことをされたら、人と接するのが怖くなって当たり前だ）

玉谷の印象は最初から決して悪くはなかったものの、話すときにかなり緊張しているのが伝わってきていて、守川はその理由がずっと気になっていた。

中国茶講座のときや店を訪れてくれたときなどに自然とその姿を目で追っていて、やがて人の話を一生懸命に聞き、言葉を選んで丁寧に話す様子や、ときおり浮かべる笑顔に好感を抱いて、気づけば玉谷の来店を心待ちにしていた。

ぼんやりと曖昧な感情だったそれを明確にしたのは、先ほど彼女が零した涙がきっかけだ。抱えている悩みを打ち明けてくれた玉谷を見たとき、守川の中に強い庇護《ひご》欲が湧いた。

彼女に何か悩みがあるなら相談に乗りたいし、力になってやりたい。いつも周囲に気を使いすぎて気配を小さくしている玉谷を、心から安心させてやりたい。

そんな思いが募り、守川は玉谷に「トラウマを改善するためには男に慣れるのが一番いい、その相手として自分が立候補したい」と発言した。

守川の言葉を聞いた玉谷は、呆然《ぼうぜん》としてこちらを見ている。やがて彼女は顔をこわばらせ、小さな声で言った。

「どうしていきなり……そんなことを言うんですか？　わたしをからかっているなら――」

「僕は本気ですよ。他の誰にも、こんな発言はしません。玉谷さんにだけです」

「……っ」

玉谷が動揺した様子で、視線を泳がせる。守川は微笑んで言った。

「初めて玉谷さんと言葉を交わしたのは、書店での〝一日茶藝教室〟のときでしたよね。あのとき、緊張しながらも一生懸命に講座の感想を伝えてくれて、とても好感を持ちました」

「………」

「実は講座が始まる前、スタッフとして会場にいた玉谷さんが、以前店の前で目が合った人物だと気づいていたんです。『仕事絡みで再会するなんて、本当に奇遇だな』と考えて見ていたら、玉谷さんがバックヤードから書店のフロアに出た途端、一人の年配の女性が困り顔で立っていて――覚えてますか？」

「あの……」

突然の問いかけに、玉谷が戸惑いの表情を浮かべる。守川は笑って言葉を続けた。

「そのお婆さんは、何かを探している様子でそちらの会社のスタッフに声をかけていたんですが、忙しく立ち動いていた男性社員に『自分は書店《ここ》の店員ではないので』とすげなく断られていました。そのとき玉谷さんが近づいていって、優しく話しかけたんです」

玉谷がようやく思い出した顔で、「あ……」とつぶやく。

フロアに立ち尽くした老女は、男性社員に鬱陶しそうにあしらわれ、しょんぼりとしていた。他の社員たちも仕事の話をしながら素通りする中、そこに近づいていった玉谷は、身を屈めて老女に視線を合わせ、彼女の話を聞いてやった上で、背中を支えて目的の場所まで連れていってあげていた。

おそらく他のスタッフは、誰も気づいていなかったに違いない。ただ一人一部始終を目撃していた守川は、忙しい最中でもそんな行動ができる玉谷を「優しい女性だな」と思いながら見つめていた。守川は彼女に向かって言った。

「先ほど玉谷さんは『人と話すのが苦手だ』と言っていましたが、困っている人に声をかけられる勇気は、称賛に値すると思います。そんな玉谷さんが悩んでいるのなら、僕はぜひ力になりたい。たとえ同級生が何か言ってこようとも、玉谷さんが毅然《きぜん》とした態度を取ることができれば、相手はそれ以上何もできないでしょう。でもそうするためには、自信のなさを克服したほうがいいと思うんです」

玉谷が逡巡《しゅんじゅん》し、しばらく押し黙る。やがて彼女は顔を上げ、守川を見つめて問いかけてきた。

「守川さんのおっしゃることは理解できましたけど、その……男性に慣れれば、自信がつくものでしょうか」

「はい。気持ちに余裕ができますし、人と話すときに極度に緊張するという部分も、少しずつ改善されると思います。玉谷さんはこれまで苦手意識が先に立ち、必要最低限しか人と関わってこなかったでしょうから、僕と接することがいいリハビリになればと思ってますよ」

「リハビリ……」

玉谷を怖がらせないよう、守川はなるべく婉曲《えんきょく》な表現で彼女に迫る。

今どき珍しいほど清純な玉谷に、何とか近づきたい。何度も来店してくれていることや先ほど相談された事実を鑑みて、自分は決して彼女に嫌われてはいないはずだ。

どうにかして振り向かせたい、玉谷に信頼されたい——そんなふうに考えながら、守川は焦らず彼女の言葉を待つ。

無数の雨の雫《しずく》が付いた窓越しに、通りを走っていく車のヘッドライトが見えた。それを見つめた守川がカウンターに視線を戻したとき、玉谷が口を開いた。

「守川さんの申し出を……すごくうれしく思います。でも、わたしなんかで構わないんですか？　もしかして、他におつきあいされている方がいるんじゃ」

「もしそんな相手がいるなら、玉谷さんにこんな誘いをかけたりはしませんよ。信用してください」

思わず苦笑いして答えると、彼女は慌てて言う。

「ごめんなさい。守川さんがそういう人間だと疑ってるわけじゃなくて、あの……」

「大丈夫、わかってます。玉谷さんはとりあえず、そうやって自分を卑下するところから改善しましょうか」

守川は微笑み、玉谷を甘く見つめる。

「僕から見た玉谷さんは、すごく可愛らしいですよ。背が小さくて華奢なところも、大きな目も、優しい雰囲気の顔立ちもとても魅力的です。きちんとした話し方や姿勢の良さ、清潔感のある服装も、女性らしくていい」

「……っ」

玉谷がじわじわと顔を赤らめ、うつむいてしまう。そんな様子を可愛らしく思いながら、守川は言葉を続けた。

「きれいな響きの声や、真面目で一生懸命なところもいいですね。いつも真剣に話を聞いてくれるので、僕はついつい余計な蘊蓄《うんちく》を長く述べてしまうんです。気づいてましたか？」

守川の問いかけに、玉谷が驚いた表情になり、首を振る。

「いいえ。あの……守川さんは誰が相手でも、そうやっていろいろお話しするのだと思ってました」

「いつのまにか、玉谷さんが僕の中で少しずつ〝特別〟になっていたんだと思います。だから僕のことも、あなたの〝特別〟にしてほしい」

カウンターの上にあった玉谷の手に、守川はそっと触れてみる。

彼女は一瞬ビクッとして緊張した面持ちになったものの、振り解こうとはしなかった。

守川は玉谷の小さな手を、やんわりと握り込みながら言った。

「決して無理強いはしません。玉谷さんのペースで、ゆっくりお互いを知っていけたらと考えています。そしてゆくゆくは、あなたが今より自信を持てたらいいと思う。いかがですか？」

玉谷の顔が、一気に赤らむ。

何やら目まぐるしく考えていた様子の彼女は、長い逡巡の末、小さく答えた。

「守川さんさえ、よければ……お願いしたいと思います。ただ、わたしはこのとおり気が小さくて、守川さんをイライラさせてしまうかもしれないんですけど、構いませんか？」

「僕は気が長いほうなので、大丈夫ですよ。では今日から僕と玉谷さんは、店主と客ではない特別な関係です。よろしいですか？」

玉谷が小さく、だがしっかりと頷《うなず》く。

守川の胸に、じんわりと喜びが広がった。こんなにも引っ込み思案な玉谷が、自分を信頼してつきあいを了承してくれたのがうれしい。

年甲斐《としがい》もなく浮き立つ気持ちを感じながら、守川は笑って言った。

「よかった。じゃあまずは、お互いのプライベートな連絡先を交換しましょうか」

＊　＊　＊

週末の今日は土曜だが、サービス業である莉子の会社は通常営業だ。

明日は市内で街頭サンプリングが行われるため、莉子は当日アシスタントの一人としてミーティングに参加していた。責任者であるイベントプランナーは配布場所の提案、ブースの設営やユニフォームの発注、警察署への道路使用許可申請などをすべて行う。

他に資料の作成やアルバイトの手配、そして当日の休憩管理や配布数のカウントまでと業務が盛りだくさんなため、莉子はそれをフォローするのが仕事だ。

会議室で先輩プランナーの説明を聞きながらプリントを眺め、莉子は気づけば違うことを考えていた。

（何だか夢みたい。……まさか守川さんが、あんな提案をするなんて）

思い出すだけで、顔が赤らむ。

会社にトラウマの元となった同級生の八木が中途入社し、それにショックを受けた莉子が守川に相談したのは、昨夜の話だ。

彼は親身になって話を聞き、具体的なアドバイスをしてくれた。その上で莉子に「異性を前にしたときに緊張する癖を改善すれば、抱えているトラウマも和らぐのではないか」と言い、ある提案をしてきた。

『玉谷さん自身が、異性に慣れるのが一番いいと思います。その相手として僕が立候補したいのですが、いかがですか？』

（てっきりからかってるのかと思ったけど……守川さんは「他の誰にもこんなことは言わない」って言ってた。自分と接することが、わたしのトラウマを克服するためのリハビリになればいいって）

守川の目から見た莉子は、異性を前にしたときに意識しすぎているのが丸わかりだという。

そうしたぎこちなさを改善するため、男に慣れて自信をつければいいというのが、彼の持論だった。

（守川さんの言うとおり、男の人に慣れれば、わたしの性格も少しは明るくなるのかな。……でも）

彼は具体的に、何をするつもりなのだろう。昨夜からふわふわとして思考が追いつかず、莉子はどうしたらいいかわからなくなっている。

守川からは昨夜と今朝の二回、スマートフォンにメッセージがきた。「おやすみ」と「おはよう」という他愛のないものだが、これまで同性の友人や家族以外とやり取りをしたことのなかった莉子は、たったそれだけでドキドキしていた。

昨夜の帰り際、彼は「店の営業時間内に仕事が終わるなら、ぜひ寄ってください」と誘ってくれた。まだ守川との距離感が上手くつかめていないが、そう言ってくれるなら会いに行っても構わないのだろうか。

ふとミーティングが行われている会議室を見回してみると、八木の姿はない。彼はベテランの男性社員である山田《やまだ》が指導係になったため、外の打ち合わせに一緒に出掛けているらしい。

八木と仕事がかち合わなかったことに、莉子は深く安堵していた。

（八木くんがずっと山田さんに帯同するなら、わたしとはあまり接点がないかな。……このまま関わりを持たずにいられればいいけど）

一番の望みは、八木が自分に気づかないことだ。

中学時代の関わりを忘れ、ただの先輩社員だと思ってくれれば、莉子は何とか彼の存在を受け入れられる気がする。

（万が一話しかけられたりしたら、すぐに切り上げて逃げよう。……守川さんも、そうす

るべきだって言ってたし）

なるべく八木とは、接点を持たない。もしやむを得ず話すことになったとしても、毅然とした態度を取ろう——莉子はそう決意する。

その後は終業まで、彼と顔を合わせずに済んだ。あと十五分で午後八時という時間、駅の階段を駆け上がった莉子は、足早に守川茶葉店に向かう。

（急いで来たけど、ギリギリになっちゃった。お店の終わり際に行くの、迷惑じゃないかな）

今日の昼間は三十度を超える真夏日となり、夜となった今も蒸し暑い空気が残っている。駅から徒歩三分の距離を早足で歩いてきたため、すっかり汗をかいていた。店の前で立ち止まった莉子は、一度深呼吸する。そして緊張しながらドアを開けた。

「こ、こんばんは」

中に客はおらず、壁際の棚の前でバインダーを手に立っている守川の姿が目に入る。彼はこちらを見て微笑んだ。

「いらっしゃいませ、玉谷さん」

彼はどうやら、在庫のチェックをしていたらしい。その端整な顔を見た瞬間、莉子の胸がきゅうっとした。

（わたしがこの人の〝特別〟になれたなんて……まだ信じられない。女の人に、すごくもてそうなのに）

一気に頭が煮えたようになったが、必死に冷静になろうと努める。莉子は彼に謝った。

「こんな閉店間際に来てしまって、すみません。明日街中で街頭サンプリングがあるので、その準備に時間がかかって」

「ああ、いいんですよ。このくらいの時間になると、いつもほとんどお客さんがいないんです。それに閉店時間を過ぎても、連絡をくれれば外で会えますし」

歩み寄ってきた守川が腕を伸ばし、ふいに莉子のこめかみに触れてくる。ドキリとして息をのむと、彼が笑って言った。

「少し汗ばんでる。急いで来ましたか？　今も外は暑いですもんね」

「は、はい……」

突然の接触に、じんわりと頬が赤らむ。

汗に触れられたことに恥ずかしさがこみ上げ、いたたまれない気持ちでいると、守川は踵《きびす》を返してカウンターに向かいながら言った。

「どうぞ座ってください、冷たいものを出しますので」

彼の口調は、いつもどおりだ。だが先ほどのような接触は今までなかったことで、莉子は高鳴る胸の鼓動を抑えながらカウンターの椅子に座る。

やがて守川が出してきたのは、氷を浮かべた水出し茶だった。

「これは白鶯山《はくおうさん》古樹《こじゅ》という白茶です。去年仕入れたもので、始めは薄いクリーム色だった水色が、今は熟成が進んで少し濃くなっています。香りも花のようなものから、杏《あんず》や蜜に似た甘いものに変化してるんですよ」

　飲み方は熱湯で淹《い》れるのが一般的だが、莉子に出したものはミネラルウォーターに茶葉を入れ、三十分ほど置いたものだという。

　自然のままの香りが愉しめ、湯で淹れるのに比べると色はだいぶ薄いものの、深い味わいを感じることができるらしい。

　莉子はグラスを持ち、ストローでお茶を一口飲んだ。途端に豊かな余韻が広がり、ホッと息をつく。

「……美味しい。さっぱりして飲みやすいのに、後味が深いんですね」

「白茶は身体の熱を取り除く効果がありますから、夏向きなんです。玉谷さんのために作っておいたものなので、おかわりもどうぞ」

　守川は莉子のために、冷房の温度を少し下げてくれる。

　そして店の入り口のプレートを裏返して〝ｃｌｏｓｅｄ〟にし、メニューを書いた黒板を中に入れたあと、窓のロールスクリーンを下げた。

（あ……）

　今まで閉店までいたことがなかった莉子は、何となくその様子に見入ってしまう。

　そしてもう客が入ってくることがない店内で二人きりでいる状況に、少し落ち着かない気持ちになった。

「――今日はどうでした？」

ふいに守川にそう問いかけられ、莉子はドキリとして彼を見る。

「えっ？」

「例の同級生です。八木のことを言っているのに気づき、莉子は慌てて答えた。

守川が八木のことを言っているのに気づき、莉子は慌てて答えた。

「いいえ。八木くんは今日、指導係になった社員の人と一緒に外に出ていて、顔を合わせる機会がなかったんです」

「そうですか。よかった」

守川がホッとした様子で微笑む。彼が自分を心配してくれていたのだと悟り、莉子は何ともいえない面映ゆさをおぼえた。

（こんなに親身になってくれるなんて……やっぱり守川さんに相談してよかった）

もし八木の件を誰にも話さず、自分の中に秘めたままでいたら、いずれ会社に行けなくなるほど思い悩んでいたかもしれない。

莉子がそう考えていると、守川がふいに言った。

「今日は一日中、気になっていたんです。もし玉谷さんが、会社で嫌な思いをしていたらどうしようかと」

「えっ……」

「メッセージも。しつこくならない程度に送るって、難しいですね。年甲斐もなく舞い上がっていて、恥ずかしいくらいだ」

守川の発言は、まるでこちらに夢中になっているかのように聞こえる。

思いがけないことを言われた莉子は、心がざわめくのを感じた。躊躇《ためら》ったもののどうしても好奇心を抑えられず、遠慮がちに彼に問いかける。

「年甲斐って言いますけど……守川さんは今、おいくつなんですか」

「三十歳です。玉谷さんは?」

「二十五です。先月なったばかりで」

守川が五歳年上だとわかり、莉子は落ち着いた印象を受けるのも当然だと納得する。

その後は守川がこの店を開くまでのことや趣味など、他愛のない話をした。彼は大学在学中から長期の休みを利用して海外を放浪し、卒業後は茶葉店を開業する目標のため、世界のさまざまな茶園を巡ってきたという。

「中国や台湾、インド——どこも広大でいろんな茶園があって、見ごたえがありました。同じ地方の茶葉でも、畑の環境や製造責任者の技術によって風味や品質がまったく違うんです。今は当時誼《よしみ》を通じた茶園から茶葉を取り寄せたり、向こうに買い付けに行った同業の友人から試飲用の茶葉を分けてもらって、気に入ったものを仕入れています」

帰国したあとの守川は老舗の中国茶専門店の店主の元に弟子入りし、数年間販売や経営の勉強をしたのちに自分の店を開業したらしい。

莉子は感心してつぶやいた。

「……すごい。知識や経験を着実に積み重ねて、好きなことをお仕事にしたんですね」

「結局中国茶だけじゃ飽き足らず、扱う範囲をコーヒーやハーブティーまで広げたり、店で売る雑貨のデザインをしたり、知人の仕事をいろいろ手伝っているので、貧乏暇なしなんですよね。まあ、楽しいからいいんですが」

守川はふいに「ところで」と言い、話題を変える。

「いつまでも苗字で呼び合うのは他人行儀な気がするので、僕としては改善したいと思っています。玉谷さんはいかがですか？」

「えっ、あの……そう、ですね」

急にそんなことを言われても、どうしたらいいのかわからない。

莉子がそう思いながら答えると、守川は微笑んで言う。

「じゃあ今後は、下の名前で呼ばせていただきます。ついでといっては何ですが、話し方も素に戻していいですか」

「は、はい」

「よかった。別に敬語で話すのは苦じゃないけど、やっぱり一枚壁がある気がするから。二人きりのときは、俺のことも名前で呼んでくれるとうれしい」

守川がさらりと口調を変えてきて、莉子の心臓が跳ねる。手元のグラスを握り込み、小さな声で言った。

「も、守川さんは……素だと、〝俺〟って言うんですね」

「ん？　そうだね。ところで莉子ちゃんは、俺の下の名前を知ってる？」

砕けた話し方に胸を高鳴らせながら、莉子は答える。

「響生さん……ですか？」

「うん。知っててくれたんだ、意外だな」

「あの、最初に名刺をいただきましたし。それに本も購入したので」

莉子の言葉を聞いた守川がふと目を瞠《みは》り、そして破顔する。

「そっか、ありがとう。莉子ちゃんが自分の本を読んでくれたと思うと、何だかこそばゆいな。たぶん興味があるのはお茶のほうだろうけど」

「それは……」

確かに最初は、そうだった。彼の講座を聞いて中国茶に興味を抱き、その世界を勉強したくて本を購入した。

だが今はそれ以上に、守川本人への関心が高まっている。そう考える莉子を見つめ、守川が眼鏡の奥の目を細める。

「これからは、俺自身にも興味を抱いてほしいって思ってる。莉子ちゃんが知りたいことなら、何でも答えるよ。何が聞きたい？」

「……あの」

眼鏡越しの眼差しが思いのほか色っぽく見え、莉子はどぎまぎして視線を落とす。

（どうしよう……何か質問をしなきゃ）

せっかく守川が会話の取っかかりを作ってくれているのだから、ちゃんと応えたい。

しばらく悩んだ莉子は、やがて顔を上げて問いかけた。

「け、……血液型は、何型ですか？」

守川は眉を上げ、一瞬虚を衝かれた表情になる。

彼は何食わぬ顔を作ろうとして失敗し、噴き出しながら答えた。

「血液型は、A型だよ。もっとパーソナルな部分について質問されるかと身構えてたのに、まさかの血液型か」

守川がいつまでも喉を鳴らして笑っていて、莉子は顔を赤らめながら小さく謝る。

「ごめんなさい。急に言われても、何も思いつかなくて……」

「いや、いいよ。俺のほうこそごめん。笑ってるのは、別に馬鹿にしてるつもりじゃないんだ。何ていうか、一生懸命で可愛いなと思って」

彼が笑いを収束させ、手を伸ばしてくる。

カウンター越しに突然頬に触れられ、親指の先でそっと撫《な》でられた莉子は、ドキリとして守川を見つめた。

「──本当に可愛い。莉子ちゃんの頭の中が、いつか俺のことだけでいっぱいになればいいのに」

「……っ」

心臓の鼓動が速まり、莉子は身動きもできず息を詰める。そんな様子を眺めた彼はあっさり手を離し、笑って言った。

「ま、焦らずいきますか。今日は結構たくさん話をしたけど、あまり緊張はしなかったんじゃないかな。どう?」

「あ……そう、ですね」

突然触れられることにはドキドキしてしまうが、それ以外は概ね普通に話せた気がする。

それを聞いた守川が、穏やかに微笑んだ。

「莉子ちゃんがもっとリラックスできるように、これからも努力するつもりだから。来れるときは、いつでもこの店においで」

第五章

今年の七月の前半は例年より気温が低く、どちらかといえば肌寒い日が多かったものの、後半からは猛暑が続いている。

八月に入って二日ほど過ぎたが、暑さの勢いは増す一方だ。雨は久しく降っておらず、店の前で真っ青に澄み渡った空を見上げた守川は、ため息をついた。

(仕事中はエアコンが効いた店内にいるから、暑さは全然感じないけど。……たまに外に出ると、温度差がきついな)

涼しさもサービスのうちと考えているため、店内は外気に比べてかなりひんやりとしている。

店に入ろうとした瞬間、往来から「店長ー」という間延びした声が聞こえた。

「おはようございます。今日も朝から暑いですねー」

「おはよう」

駅のほうからやって来た大西は、いかにも暑そうにシャツの胸元をバタバタしている。

彼は店内に入り、深く息を吐いた。

「はー、涼しい。こう暑いと仕事終わりについついビールを飲みすぎちゃうし、昨夜はすごく寝苦しかったじゃないですか。何か身体が怠いんですよねえ」

「冷たい飲み物は身体の熱を下げてくれるけど、その反面、胃腸に負担がかかるからね。そういうときは、あえて熱い飲み物で胃を温めるといいよ」

そう言って守川はカウンターに入り、湯を沸かしながらアルミ製の茶筒を手に取る。茶葉を蓋碗に入れ、熱湯を注いだあと二十秒ほど蒸らしてから茶海に移し、飲杯を大西に勧めた。

「どうぞ。何の銘柄かわかる？」

「えー、当てられるかなあ」

飲杯の中身を啜《すす》った大西は、首を傾げた。

「……渋みや苦みがない。すっきりしてて、すごく飲みやすいですね。陳香《ツンシャン》を感じるから、プーアール茶かな。わりとスタンダードな味だけど、一体何だろう」

「野生古樹の太白種の新芽で作った、プーアール生茶だよ。抽出時間を伸ばしながらたっぷり半日くらいは飲めるし、値段的にもかなりコスパがいい」

それから開店までのあいだ、作業をしながらあれこれとお茶談議に花を咲かせた。ふと視線を感じて顔を上げると、大西がじっとこちらを見つめている。

「数日前から思ってたんですけど、ここ最近、店長やたらと機嫌がよくありません？」

「ん？　そうかな」

「別にどこが変わったってわけじゃないんですけど。何か引っかかるんだよなー」

あえて答えず、作業に集中しているふりをしつつも、守川は彼の指摘が当たっていることを自覚していた。

（……我ながら、どうかしてるよな。ちょっと落ち着かないと）

守川が莉子に「自分に自信をつけるため、男に慣れたほうがいい」と言って交際を持ちかけたのは、十日余り前の話だった。

久しぶりの恋愛は、普段感情の振れ幅の少ない守川を浮き立たせるのに充分で、あれから約二週間、彼女の仕事終わりのわずかな時間を利用し、閉店後の店内で逢瀬《おうせ》を重ねている。

逢瀬といっても、色っぽいことは何もしていない。男女交際は初めてだという莉子に合わせ、至って清らかな関係だ。

（彼女の中に異性に対する苦手意識があるのなら、まずは信頼関係を築くのが最優先だよな。怖がらせたいわけじゃないし、支配したいわけでもないんだから。……でも）

莉子の性格の素直さ、容姿の可憐《かれん》さを目にするたび、守川の中で「触れたい」という欲求が疼《うず》く。

会う回数が増え、会話をする時間を積み重ねるごとに彼女は少しずつこちらに心を許してくれていて、その様子は態度や眼差しから雄弁に伝わってきていた。

それがうれしい反面、最初に「決して無理強いはしない」「自分は気が長いほうだ」と言ったことが、守川の足枷《あしかせ》になっている。

（何だかな。つきあう相手がいないときは至って淡白で、こんな欲求を感じたことはなかったのに）

いい歳をして、劣情で悶々《もんもん》としているのが滑稽だ。だが表面的には涼しい顔を取り繕えているところが、幸いといえば幸いだろうか。

今日は木曜のため、莉子は仕事が休みらしい。守川は通常どおり店を開けなければならないものの、夜は外で一緒に食事をする約束をしていた。

（今までは俺のほうで用事があったりして、なかなか予定が合わなかったもんな。どこに行くか、夕方までに考えておこう）

「で、店長、結局どうなんです？」

テーブルの上のペーパーを補充しながら大西が話を蒸し返してきて、守川は淡々と答える。

「別に。何もないよ」

「えー、二人っきりの職場なのに、秘密なんて持っちゃうんですね。すっごく傷つくなあ、俺」

まるで女子のように食い下がってくる彼に、守川は冷静に言葉を返す。

「じゃあ大西くんは合コンの成果について、逐一俺に説明できるの？」

「えっ？　……あー、それは」

「それなりに後腐れなく遊んでるのは、見てて何となくわかるけど」

大西がぎょっとした顔でこちらを見る。

「何でわかるんですか？　俺、極力軽く見えないように言動に気を使ってるのに」

『店での接客態度については何も言うことはないし、よくやってくれてると思うよ。でも女の子の扱いに慣れすぎてるのを見たら、プライベートはおのずと察しがつくかな」

彼は気まずそうな表情になり、モソモソとつぶやく。

「……そういうのがわかる店長も、『草食系な顔して、実は結構遊んでる？』って思っちゃいますよ。俺は」

「ただの年の功だよ。人聞きの悪いことは言わないように」

大西をやり込めた守川は、「しばらく彼には、莉子との関係を悟られないようにしないと」と密かに考える。

（変にからかわれたら、彼女は畏縮しちゃうかもしれないしな。大西くんは何だかんだいっても空気を読むから、大丈夫だとは思うけど）

その後はランチや接客に追われて一日が過ぎ、午後六時半に大西が退勤していく。

一人残った守川はパソコンに向かい、店のオンラインショップの在庫状況を更新していた。するとと入り口のドアが開き、顔を上げる。

「……こんばんは」

「いらっしゃい、莉子ちゃん」

今日の莉子は肩口にレースが付いたノースリーブの白いトップスに、ターコイズブルーのスカートを合わせた、夏らしい爽やかな服装だ。

守川はカウンターの内側で微笑んで言った。

「服、可愛いね。涼しげで」

「あ、……ありがとうございます」

恥ずかしそうにうつむく様子に目を細め、守川は彼女に問いかける。

「外、まだ暑かった？　何か飲み物用意しようか」

「いいえ。あの、お構いなく」

以前「敬語はなしで」と取り決めたはずだが、莉子はいまだに敬語で話す。

急に変えるのは無理なのだろうと考え、守川はあえてそれを咎《とが》めずにいた。店を閉める時間まではあと十分ほどあり、彼女は店内に陳列されている雑貨を眺め始める。

「このお店、茶葉や茶器だけじゃなくて、雑貨やお茶請けのお菓子まで、いろんなものを置いてるんですね」

「うん。知り合いに『いいよ』って勧められたものとか、自分で取り寄せて味を確かめたものとか。そういうのは製造元に直接連絡して、うちに仕入れさせてもらえないか交渉するんだ」

雑貨類はデザインと機能性を兼ね備えたものを厳選している。

店があらゆる茶葉を扱っている特性上、お茶請けもクッキーやドライフルーツから、塩《しお》羊羹《ようかん》やおかきまでと幅広い。莉子が微笑んで言った。

「店内はいろんなものがあって、まるで宝箱みたいですね。ひとつひとつのパッケージがすごく凝っていて、つい『これは何だろう』って手に取っちゃいますし、雑誌や本まであって」

「置いている雑誌は、知り合いのクリエイターが連載してるのが多いかな。本はうちでワークショップをやった人が出版したものだから、いろんなジャンルがあるよ」

自分の気に入ったものばかりを詰め込んだ店内を、莉子が楽しそうに見てくれているのがうれしい。

彼女と雑談をしながら午後八時にパソコンの電源を落とした守川は、その後閉店作業をし、電気を消した。

「あの、今日はどこに……」

店の外に出て入り口に施錠した途端、莉子がそう問いかけてきて、守川は答える。

「地下鉄で街中まで行こうかなとか、車を出そうかなとか、いろいろ考えたんだけど」

「はい」

「初めてのデートだし、気負わずに近場がいいかなって」

守川は「こっちだよ」と言って歩き出す。

そして三軒隣の角にある、民家を改造したワインバルの前まで来た。莉子が驚きの表情で言う。

「ここ、ですか？」

「うん。来たことある？」

「ないです。素敵な雰囲気のお店だなって、気にはなっていたんですけど」

ドアを開けた店内は、そこそこの客入りでにぎわっていた。カウンター内にいた男性店員が、こちらを見て声を上げる。

「あ、守川さん。いらっしゃい」

「こんばんは。座れますか？」

「こちらにどうぞ」

カウンターの席を勧められて並んで座ると、莉子が周囲を見回して言った。

「すごく落ち着いたお店なんですね。意外に中が広くて」

「一応ワインバルだけど、ここは他よりずっといいワインを仕入れてるし、料理もビストロと遜色ないくらいに凝ってるよ。何飲む？」

「えっと……」

普段酒をあまり飲まないという莉子のため、最初は口当たりの良い甘めのスパークリングワインを選ぶ。乾杯して一口飲んだ彼女に、守川は問いかけた。

「どう、飲めそう？」

「はい、すごく美味しいです。ここがこんなに本格的なお店だなんて、今まで全然知りませんでした」

「オープンしたのは、一年くらい前だったかな。そのときにこの店のオーナーが、うちまで挨拶に来てくれたんだ。それから大西くんとときどきここで飲んだり、俺がふらっと一人で来たり」

話しているうちに、キャベツのアンチョビソースや塩漬けのオリーブなど、いくつかの料理がカウンターに並ぶ。

守川は豚肉のリエットをカンパーニュに塗り、莉子に手渡した。

「はい、どうぞ」

「ありがとうございます」

莉子は食べ方がきれいで、いつも姿勢がいい。ナチュラルなネイルを塗った指先も、手入れがよく行き届いている。

（……可愛いな）

そう思いながら眺めていると、莉子がチラリとこちらを向き、きまり悪そうな顔で言った。

「あの……」

「ん？」

「見られてると、すごく食べづらいんですけど」

そこでようやく我に返った守川は、笑って答える。

「ああ、ごめん。可愛いなと思ってたら、つい目が離せなくて」

「そ、そういうこと言うのも、やめてください」

少し強気な口調が可愛く、守川はオーダーして届いた辛口の白ワインを飲みながら問いかける。

「どうして？」

「守川さんは、いつもそうやっていろいろ褒めてくれますけど――そんなことはないので」

「俺は見たままの感想を言ってるよ。莉子ちゃんの見た目も中身も、全部可愛いと思ってる」

「……っ」

莉子がぐっと言葉に詰まり、手元のワインを勢いよくあおる。彼女に林檎《りんご》とバニラのサングリアを頼んでやった守川は、オリーブを口に放り込みながら言った。

「そういえばもう八月だけど、莉子ちゃんの会社はちゃんとお盆休みがもらえるの？」

「はい。十一日から、十六日まで休みです」

「そっか。うちの店は、十三日から三日間だけなんだ。やっぱりちゃんとした会社は福利厚生がしっかりしてて、まとまった休みが取れていいよね」

会社の話題が出た途端、莉子の顔がわずかに曇る。それに気づいた守川は、彼女にやんわりと水を向けた。

「――もしかして会社で、何かあった？」

「えっ？」

「何となく、そんな気がして」

彼女はカウンター越しに店員からサングリアを受け取り、小さく答える。

「守川さんは、本当に……察しがいいですよね」

「そう？」

「はい。……実は八木くんに、話しかけられてしまったんです。昨日の帰り際に」

――昨日の夜、少し残業をした莉子は、帰る前に給湯室で来客が使った湯飲みを洗っていたらしい。

そこに来たのが、外回りから戻ってきた八木だった。

「彼は給湯室の中にある資源ゴミのボックスに、コーヒーの空き缶を捨てに来たんです。『お疲れさまです』って言った瞬間に目が合って、わたしは慌てて洗い物に集中しようとしたんですけど……」

これまで莉子と彼は仕事でかち合わず、社内で見かけることがあってもまったくの無反応だった。

八木が入社してから約二週間、当初心配していたような事態にならなかったことにすっかり安堵《あんど》していた彼女は、彼が自分を忘れていると考えて油断していたという。

「でも、八木くんが言ったんです。『なあ、玉谷ってS中に通ってたよな』って。『俺のこと覚えてるだろ』って、そう言われて――頭が真っ白になってしまいました」

動揺した莉子は、肯定も否定もせず、急いでその場を逃げ出してしまったらしい。守川はカウンターの背面の棚を眺めながらつぶやいた。

「そっか。彼は莉子ちゃんのこと、覚えてたんだ。……厄介だね」

「今日は会社が休みでしたから、その後は八木くんと顔を合わせていません。でも、彼がわたしを覚えていたなんて……これからどうしたらいいのか」

うつむく莉子は、沈痛な面持ちをしている。守川は考えながら言った。

「今のところは、はっきり言ってどうしようもないと思うよ。この段階で莉子ちゃんが会社の人間に過去のでき事について話すのは、彼が今後働いていく上での不利益になってしまうから、お勧めできない」

いたずらに八木のイメージを損なうような話を会社の人間にすれば、何かあったときに足元をすくわれかねない。そう語った守川は莉子を見つめ、言葉を続けた。

「今はできるだけ彼を避けて、接触しないようにするしかないよ。もし過去の話を蒸し返されて精神的苦痛を感じたり、威圧的な態度を取られた場合、そのとき初めて明確なアクションを起こせると思う。どうしても後手になってしまうけど」

「……そうですよね」

莉子が手元のサングリアを勢いよくあおり、半分ほど飲んで息をつく。そして守川を見て言った。

「わたし、ちゃんと言い返せるように頑張ります。もう過去のことなんだから、いつまでもうじうじしていても仕方がないし。八木くんが入社してきた事実が揺るがない以上、悩むのは時間の無駄ですから」

「うん。その調子」

その後はボトルのワインを入れ、牛肉の煮込みやトマトのチーズリゾットなどに舌鼓を打って、二時間ほどして店を出た。

戸口で振り返った莉子が、恐縮した様子で礼を言う。

「守川さん、すみません、ご馳走《ちそう》さまでした」

「気にしなくていいよ。こういう場では、年上が払って当たり前だって思ってるし」

湿度を含んだぬるい風が、緩やかに吹き抜けていく。

見上げると藍色の空に無数の星がきらめき、灰色の雲がまだらに浮かんでいた。辺りは食べ物と排気ガスが入り混じった、ひどく雑多な匂いがしている。

見下ろした莉子は頬がほんのりと赤く、小さく息をつく姿に気だるげな色がにじんでいた。あまり酒は強くなさそうなのに途中からペースを上げていたため、どうやら酔ってしまったらしい。守川は彼女に向かって言った。

「よかったら、うちで少し休んでいく？　だいぶ顔が赤いし」

「守川さんのおうちって……」

「店の二階。だからここから、目と鼻の先だけど」

莉子が躊躇《ためら》いの表情で、視線を泳がせる。守川は苦笑して言葉を続けた。

「無理強いはしないよ。明日もお互い仕事だし、莉子ちゃんが帰りたいなら、このまま家まで送ってく」

莉子の自宅は、ここから徒歩で七分くらいのところにあるらしい。歩くのがつらいならタクシーを拾ってもいいと守川が考えていると、逡巡《しゅんじゅん》していた様子の彼女が顔を上げる。そして思い切った口調で言った。

「守川さんのおうちに……お邪魔してみたいです。あの、ご迷惑じゃなければ」

「迷惑だったら、最初から誘ったりしないよ。じゃあ行こうか」

歩き出して一分もかからず、茶葉店の前まで来る。建物の左側の外階段を上がり、玄関の鍵を開けた守川は、莉子を中に招き入れた。

「どうぞ」

「お邪魔、します……」

築三十五年のこの建物は元々こぢんまりしたアパートで、茶葉店を開業するに当たって階部分を大胆に改装した。二階は余計な壁をすべて取り払い、広い１ＬＤＫとして使っている。

靴を脱ぎ、中に足を踏み入れた莉子が、感嘆のため息を漏らした。

「すごい、広いですね。白が印象的な下のお店とは、全然雰囲気が違っていて」

莉子の言うとおり、白とグリーンをテーマにした店舗とは違い、室内はウッドとレザーをマテリアルとしたソファや棚、大型の観葉植物が目立つ。守川は彼女に言った。

「ソファに座ってて。酔い醒ましに、アイスコーヒーでも淹《い》れるよ」

室内は昼間の熱気を残して蒸し暑く、守川はクーラーの電源を入れてお湯を沸かす。

取り出したのは、耐熱ガラス製のアイスコーヒーメーカーだ。上の部分はドリッパー、内部の芯は氷を入れるアイストレーナーになっていて、ドリップしたての熱いコーヒーを薄めずに急速に冷やすことができる。

グラスに氷を入れ、落としたコーヒーを注ぎながら、守川は莉子に問いかけた。

「ミルクとガムシロップはいる？」

「あ……ガムシロップだけで、お願いします」

ストローを挿したグラスをテーブルに置くと、コーヒーを一口飲んだ彼女が笑って言う。

「美味しい。カフェの店長さんに店の営業時間外に淹れてもらうなんて、すごく贅沢《ぜいたく》ですね」

「俺とつきあう特典かな。好きなお茶の淹れたてがいつでも飲み放題、お望みなら食事やスイーツ付き」

莉子が楽しそうにクスクス笑う。

酔いのせいか、いつもより明るいその様子を眺めた守川は、彼女の隣に座った。そしてソファの背もたれに肘をかけ、莉子の髪に触れる。

途端に彼女がドキリとした顔をし、身を硬くした。そんな莉子に、守川は甘くささやきかける。

「莉子ちゃんが望むなら、他にも何だってしてしてあげるよ。どうしてほしい？」

「あの……もう充分、していただいてますから」

莉子の頬が、酔いだけではなくじわじわと赤らんでいく。それを眺めつつ、守川は彼女の髪の一房を弄んで言った。

「君はそうやっていつも控えめで、自分から俺に何かしてほしいとは言わない。だからかな、ときおり莉子ちゃんに無理をさせてる気がして」

「そ、そんなことありません！」

彼女が必死な表情でこちらを向いた。

「無理なんかしてません。わたしが守川さんに会いたくて、自分の意思でお店に来てるんです。頻繁すぎて迷惑かもしれないと思いながら、でも――顔が見たくて」

莉子が泣きそうに顔を歪《ゆが》めつつ、懸命に言い募った。

「八木くんのことで悩んでいるときに、守川さんから適切なアドバイスをしてもらえて……わたしは本当に心強くなりました。そのあと、コンプレックスを抱いているわたしに自信をつけさせるためだと言って、守川さんが〝立候補〟してくれたのも……すごくうれしかった。このお店に通うようになって、少しずつ異性として気になり始めていたからです」

――彼女は語った。

守川の穏やかな物腰に安堵し、緊張せずに落ち着いて話ができたこと。安心が信頼に代わり、いつしか異性として気になり始めていたこと。

しかしもう交際している相手がいると思い込み、気持ちを伝えるつもりはなかったという。

「守川さんと個人的に会うようになってからも、わたしはまだどこか信じられない気持ちでいっぱいでした。でも会うたびにいろんなところを褒めてくれたり、お茶をご馳走してくれたり、たくさん話をしてくれて……守川さんの声や笑顔に、毎回ドキドキして」

莉子が一旦言葉を切り、深呼吸する。そして守川の目をまっすぐに見つめて言った。

「わたし……守川さんが好きです。気持ちはどんどん募るのに、今までちゃんと言葉にできなくて、すみませんでした。ただわかってほしいのは、わたしは全然無理なんかしてないってことです。いつも守川さんに会いたくて――それで」

「ごめん、……ちょっとストップ」

慌てて彼女の言葉を遮り、守川は口元を片方の手で覆う。

思いがけず莉子の真剣な気持ちを聞かされ、気づけばじんわりと顔が赤らんでいた。

（やばい、顔を赤くするとか男子中学生か。……でもすっごいうれしい）

彼女とのプライベートな関係がスタートし、二人きりで会うようになって、半月が経つ。そのあいだ守川は、ずっと莉子の態度にこちらに対する遠慮を感じていた。

彼女が中学時代に負ったトラウマは根深く、人と接するのに臆病になって当然だ。だからこそ恋愛関係になるには時間がかかるものだと覚悟し、莉子から信頼を得るのが最優先だと考えていた。

（……でも）

そんな予想を覆し、彼女は意外にも守川を想ってくれていたらしい。

つっかえながらの言葉や潤んだ瞳は、莉子の心情を雄弁に表していて、彼女が本当にこちらに好意を抱いていることが伝わってきた。

話を途中で遮った意味を図りかねた顔で、莉子が不安そうにこちらを見ている。守川は努めて落ち着こうとしながら、口を開いた。

「ありがとう。まさか莉子ちゃんの気持ちを聞けると思わなかったから、すごくうれしい」

「…………」

「君のペースに合わせて気長に待つなんて言いながら、実は結構煮詰まっていたんだ。会うたびに可愛いと思って触れたい気持ちが疼くのに、怖がらせちゃ駄目だと考えて、必死に自制して」

守川の言葉を聞いた莉子が、じんわりと頬を染める。そしてポツリと言った。

「守川さんのことは、怖いとは思わないので……大丈夫です」

「そうかな。俺も男だから、君に性的な意味で触れたい欲求はあるんだけど。それでも平気？」

彼女が一瞬ぐっと言葉に詰まり、やがて頷《うなず》く。

それを見た守川は腕を伸ばし、莉子の身体を引き寄せた。

「あ……っ」

抱きしめた瞬間、ふわりと花のような香りが鼻先を掠《かす》めた。

華奢《きゃしゃ》な骨格は腕の中にすっぽりと収まる大きさで、強く庇護欲《ひごよく》を掻《か》き立てられる。守川は抱きしめる腕にやんわりと力を込めつつ、彼女の耳元でささやいた。

「これは大丈夫？」

「え……っ？」

「抱きしめるの。怖かったり、嫌だったらやめるよ」

腕の中でこわばっている身体が、かすかに震える。莉子が小さく答えた。

「だ、……大丈夫、です」

「じゃあこれは？」

彼女の顔を上げ、守川はその目元に口づける。

莉子が反射的に首をすくめ、身体がビクッと跳ねたが、逃げようとはしなかった。額や頬に触れるだけのキスを繰り返し、守川は動きを止める。莉子が閉じていた目をおずおずと開き、視線がかち合った瞬間、小さく声を漏らした。

「あ、……」

守川は顔を傾け、その唇を塞ぐ。

表面を軽く吸い、合わせから中にもぐり込んだあと、濡《ぬ》れてなめらかな舌先を舐めて一度唇を離した。途端に上気した顔と潤んだ瞳が目に入り、すぐにまた深いキスをする。

「ん……っ」

ゆるゆると舐《な》め、徐々に口腔《こうこう》に押し入っていく。怯《おび》えを示すかのように逃げる舌は柔らかく、守川はやんわりと絡ませてその表面をなぞった。

ぬるい粘膜を擦り合わせる行為はひどく淫靡《いんび》で、夢中になっているうちにふと我に返る。唇を離すと、息継ぎができなかったらしい莉子が貪る勢いで空気を吸い込んだ。

「はぁっ……」

「あ、ごめん。つい夢中になって」

涙目の彼女が、かすかに首を振る。守川は焦りながら言った。

「もう家まで送っていこうか？　時間も遅いし――」

「待ってください。守川さんは、もっと先のこともしたいんですよね？」

突然の莉子の問いかけに、守川は驚いて目を見開く。

「……先のこと、って」

「わたし、平気です。守川さんがしたいなら……触れてください」

上気した顔の彼女が、思いがけないことを言う。

莉子が自分を気遣ってそんな発言をしていると考えた守川は、何ともいえない気持ちになった。急に距離を詰めた自分の行動を後悔しながら、苦笑いして彼女を見下ろす。

「さっきはあんなふうに言ったけど、俺は莉子ちゃんの気持ちを無視してまで自分の欲求を満たそうと思ってないよ。別に焦る必要もないんだし、そういうのは段階を踏んでやっていけばいいんじゃない？」

「わたしの気持ちは、さっき言ったとおりです。守川さんのことが好きだし、こうして一緒にいるだけで胸がぎゅっとします。……今のキス も、全然嫌じゃありませんでした」

莉子の言葉に煽《あお》られ、守川の中でゆっくりとスイッチが入る。

腕を伸ばして彼女の熱っぽい頰に触れた守川は、冷静な声で問いかけた。

「本当にいいの？　これ以上煽られたら、途中で止める自信はないよ」

「は、はい」

守川は深く息を吐き、一旦気持ちを落ち着かせる。

ソファから立ち上がった途端、莉子がビクッとしてこちらを見た。それを見下ろしつつ、守川は彼女に向かって手を差し伸べた。

「――じゃあ、寝室に行こう」

第六章

初めて入った守川の自宅は、選び抜かれたミッドセンチュリーの家具と観葉植物が並ぶ、落ち着いたインテリアだった。

それはリビングの隣にある寝室も同様で、白とグレーのリネン、個性的な形のライトやベッド際のチェストと観葉植物が調和し、シンプルだがセンスのいい空間となっている。

守川のあとから寝室に足を踏み入れた莉子は、ひどく緊張していた。繋《つな》いでいる手の大きさ、指の長さや体温を、嫌というほど意識している。

（わたし、自分から誘ったりして……守川さんは呆《あき》れてるかな）

すぐ近くのワインバルで飲み、酔いに任せて彼に気持ちを伝えたのは、つい先ほどの話だ。

守川と特別な関係になって約二週間、彼に対する想いは、莉子の中で日に日に密度を増していた。

（守川さんは、本当に優しい。大人の男女交際って言ったら、すぐ身体の関係になって当たり前のはずなのに……）

奥手な莉子に気を使ったのか、守川はこちらの気持ちを解すことを最優先にしてくれた。会うたびにたくさんの話をし、折に触れて甘い言葉をささやく彼は、言葉や態度でこちらを〝特別〟に思っているのだとアピールしてくれている。

そんな彼に会ううち、莉子の中で好きな気持ちが少しずつ積み重なっていった。いつしか話をするだけなのが物足りなく思うくらい、今の莉子はもっと守川のことが知りたくてたまらなくなっている。

(これまでのわたしからは、考えられない。……誰かにもっと近づきたいと思うなんて)

先ほどのハグも、そして初めてのキスも、心臓が飛び出しそうになったものの決して嫌ではなかった。

莉子の手を引いて寝室に入った守川が、こちらを振り返る。ドキリとして息をのむと、彼は莉子をベッドに座らせ、自身の腕時計を外した。そしてそれをベッド脇のチェストに置きながらしばし考え込み、独白めいたつぶやきを漏らす。

「……眼鏡も外そうかと思ったけど、いつもと違う顔じゃ、莉子ちゃんが緊張するかもしれないよな」

「えっ?」

「だから今は、外さないでおこうか」

そう言ってニッコリ笑った守川が、莉子の身体をゆっくりとベッドに押し倒してくる。莉子は彼を見上げ、焦って声を上げた。

「も、守川さ……、んっ」

唇を塞がれ、ぬるりと舌が押し入ってくる。

莉子の口腔《こうこう》をいっぱいにした舌は、ざらつく表面を擦り合わせたあと、軽く吸い上げてきた。互いの唾液が交じり合う水音を聞きながら、莉子は喉奥から声を漏らす。

「うっ……ふ、っ……は……」

ぬるぬると絡む舌の感触はひどく淫靡《いんび》で、性感を煽《あお》った。

頭がぼうっとし、与えられるキスを受け止めるだけで精一杯だが、守川にそうされるのは嫌ではない。

（あ……）

ふいに彼の大きな手が、胸のふくらみに触れてくる。服越しにやんわりとさすったあと、カットソーの下に直にもぐり込んできた感触に、キスで唇を塞がれたままの莉子は小さく呻《うめ》いた。

「んっ、ぅ……っ」

さらりと乾いた感触の手のひらが脇腹を撫《な》で、ブラに包まれた胸を揉《も》む。

守川の手が背中に回り、ブラのホックを外したのがわかって、莉子は思わず声を上げた。

「あ……っ」

身体を起こした彼が、めくり上げたカットソーと一緒にブラを上にずらす。両方の胸があらわになってしまい、莉子はかあっと頬を赤らめた。

守川が両方の手でふくらみをつかんできて、ビクッと身体が震える。弾力を確かめるような動きに、じわじわと恥ずかしさが募った。

「ぁ……」

「きれいだね、胸。真っ白で柔らかくて、ずっと触っていたくなる」

「はぁっ……」

身体の骨格自体は細いものの、莉子の胸は実は結構大きい。

言葉どおり、彼は執拗《しつよう》に揉みしだく動きをやめず、莉子は息を乱した。揉みながら先端をつかれると落ち着かない気持ちになり、ベッドカバーを足先で搔《か》く。

守川が指で挟み込んで軽く力を入れた途端、ツキリとした疼痛《とうつう》が走って、莉子は声を上げた。

「あっ……！」

「ここ、どんな感じ？」

「んっ……少し、痛……っ」

「じゃあ優しくしようか」

そう言って彼がおもむろに胸の尖《とが》りを舐め上げて、莉子は「ひゃっ」と言って飛び上がる。

そのままぬるぬると舐められ、口に含まれて、濡《ぬ》れた舌が乳暈《にゅううん》をなぞる感触に息が上がった。

「はぁっ……ぁ、守川、さん……っ」

ときおり守川の眼鏡のフレームが素肌に当たり、その硬さと舌の柔らかさの違いに、ゾクゾクする。

両方の胸を交互に嬲《なぶ》った彼が、やがて身体を起こした。そして莉子の両腕を上げて万歳の形にさせ、カットソーとブラを脱がせてくる。

「んぅっ……」

まだ衣服が肘の辺りに引っかかっている状態で、唇を塞がれた。舌を絡めながら服を抜き去り、唇を離した守川が、莉子を見下ろして感心したようにつぶやく。

「莉子ちゃんって見るからに細くて、どこもかしこも肉が薄いのに、胸は大きい。着痩せするんだな」

「……っ」

莉子は羞恥に頬を染め、両方の腕で気まずく胸を隠しながら小さく言った。

「八木くんにも――昔、言われたんです」

「えっ？」

「中学のときに。制服じゃなく、たまたま外で見かけた私服姿のわたしの胸が目立っていたみたいで、『玉谷って、おとなしそうな顔して意外に巨乳なんだな』って夏休み明けに言われて……。他の男子にも言いふらされて、周りから好奇の視線で見られるのが、すごく嫌でした」

当時八木と交際していた橋本亜美はスレンダーな体型で、同性である彼女からやっかみ半分にからかわれたことも、莉子のコンプレックスの一因となった。

そう説明すると、守川が真面目な顔になって言う。

「——ごめん。莉子ちゃんにそんなコンプレックスがあるなんて、全然知らなくて。きっと彼は性的なことに興味がある時期で、だから執着して付き纏《まと》ってきたんだろうな」

彼はそう言って一旦言葉を切り、莉子の頬に触れて「でも」と続ける。

「俺がさっき言ったのは、本音だよ。君は過去の記憶のせいでネガティブな気持ちを抱いているかもしれないけど、こんなにきれいな身体なんだから自信をもっていい」

守川が胸元にキスを落としてきて、莉子は吐息を漏らす。

今までは人に注目されてばかりで嫌だった胸だが、彼がこうして褒めてくれるなら少しは好きになれるかもしれない。

「ぁ……っ」

尖って芯を持った先端を舐めて押し潰し、舌先でくすぐられて、ムズムズとした感覚に莉子は落ち着かない気持ちになった。

舌や指で嬲られるのは恥ずかしいのに、肌に触れる守川のかすかな吐息や髪の感触にも乱され、気づけば身体が熱くなっていた。

「あ……っ！」

ふいに彼の手がスカートをたくし上げ、脚の間に触れてきて、ビクリと腰が跳ねる。下着越しに合わせをなぞられた莉子は、そこがぬるつく感触に息を詰めた。

「ん……っ」

じわじわと体温が上がり、唇を噛《か》む。

緩やかに合わせを擦られると下着の内側が濡れているのがわかって、泣きたい気持ちがこみ上げた。

(やだ、わたし……こんな)

こちらの反応に気づいているはずの守川は揶揄《やゆ》しないものの、莉子の首筋に唇を這わせ、下着越しに嬲るのをやめない。

やがて彼の指がクロッチの横から中に入ってきて、直に蜜口に触れた。

「……っ」

脚の間を探られるたび、かすかな水音が聞こえて、肌が粟立《あわだ》つ。

首筋を這《は》う唇にもゾクゾクとした感覚がこみ上げ、身を捩《よじ》った瞬間、硬い指が蜜口から体内にもぐり込んできた。

「ぁ……っ」

守川の指はすぐに奥まで進まず、ごく浅いところをくすぐるように動く。

鎖骨や胸にキスをして気をそらしながら、彼の指がじりじりと奥へと進んだ。緩やかな動きで隘路《あいろ》を行き来された莉子は、涙目で喘《あえ》ぐ。

「はぁっ……ぁっ、……ん……っ」

始めは異物感が強かったものの、にじみ出した愛液で指の動きがスムーズになる。

硬くゴツゴツとした感触が怖いのに、触れられるとビクッとしてしまうところが体内にあり、心拍数が上がった。

「痛くない？　莉子ちゃんのここ、すごく濡れやすいね」

「……っ……そ、んな……っ」

「奥が感じるかな。ほら、この辺とか」

「んあっ……！」

反応するところばかりをいじられ、内襞《うちひだ》がわななく。中を掻き回されるたびに響く粘度のある水音が、恥ずかしくてたまらなかった。

莉子の体内に根元まで指を埋めつつ、守川が蜜口の上部にある尖りを親指で撫でてくる。途端にじんとした愉悦が走り、息を詰めた。

「ん……っ」

敏感なそこを押し潰され、指を受け入れている最奥が震える。

内襞の動きでそれがわかるのか、守川が嬲る手を止めないまま莉子の耳元でささやいた。

「――可愛い」

「あ……っ」

耳の中に入ってきた舌に驚いた莉子は、濡れた感触に首をすくめる。

舌が立てる水音がダイレクトに脳内に響き、ゾクゾクした。花芯を押し潰す動きも、中を穿《うが》つ動きも、すべてが莉子から思考能力を奪うのに充分で、断続的に襲ってくる快感の波にただ翻弄される。

「はぁっ……あっ……ん……っ……ぁ……っ」

身体の奥で、じりじりと快感がわだかまっていく。

切羽詰まった感覚が高まっていき、やがてそれが弾けて頭が真っ白になった。

「あ……っ！」

隘路が大きく震え、中の指をきつく締めつける。

涙目で息を乱す莉子の体内から守川がズルリと指を引き抜き、それを舌で舐めた。彼はおもむろに眼鏡を外してベッドの脇に置き、自分の着ていたシャツに手を掛けて頭から脱ぐ。

（あ……）

初めて見る守川の身体はしなやかで、思いのほか男らしかった。

無駄なところがなく引き締まったラインが色気を醸し出していて、莉子はドキリとして息をのむ。

眼鏡を外した彼の顔も、莉子を緊張させるのに充分だった。いつもの柔和な雰囲気とは一変し、遮るものが何もない顔は端整さが際立っている。わずかに乱れた髪も相まって、まるで別人を見ているかのようにドキドキした。

（守川さん、やっぱりすごく顔が整ってるんだ。どうしよう、何だか恥ずかしくなってきちゃった……）

彼はシャツを床に落とし、ズボンの前をくつろげようとする。しかしふと莉子の視線に気づいて動きを止め、苦笑いした。

「――俺は見られても全然構わないけど、莉子ちゃんはやめたほうがいいんじゃない？」

「えっ……？」

「最初は刺激が強いんじゃないかなって」

守川が言わんとしていることに気づき、莉子は慌てて視線をそらす。

頬が熱くなっているのが、触らなくてもわかった。彼は笑ってベッド脇のチェストに手を伸ばすと、中から避妊具を取り出す。

（あ……）

大人なら、こうしたものが家にあって当然なのだろうか。守川が〝男〟なのだと意識し、莉子は身の置き所のない思いで足先を動かす。

やがて避妊具を着けた彼が、莉子の脚を大きく開かせてきた。そして蜜口にすっかり昂《たか》ぶった自身をあてがってくる。

「……っ」

張り詰めた丸い亀頭が、愛液を纏わせるように擦りつけられる。

その感触と熱さに太ももが震え、にわかに恐怖がこみ上げて、莉子はここから逃げ出したい気持ちでいっぱいになった。

「んっ、……うぅっ……」

蜜口に先端がめり込み、ぐぐっと体内に押し込まれてくる重い質感に、莉子はぎゅっと顔を歪《ゆが》める。

挿れられるものの感触は、まるで灼熱《しゃくねつ》の棒のようだった。硬い感触は指とは比べ物にならないほど大きく、拡げられた入り口がピリッと痛む。

張り出した先端の部分をのみ込んだあとも幹の部分が長く、じわじわと苦しさが募った。ふいに守川が、動きを止めて言った。

「痛い？　ごめん、つらい思いさせて」

「……っ」

「できるだけ力を抜いてみて。乱暴にはしないから」

少しずつ奥に進む屹立《きつりつ》が、強烈な圧迫感をもたらす。

守川の言うとおり、できるだけ力を抜いて受け入れようとすると、ほんのわずか痛みが和らぐ気がした。するとそれを見た彼が微笑み、莉子にささやいた。

「うん、その調子」

「ぁ……っ」

やがて守川の下腹部が密着し、全部中に挿入ったのがわかる。

入り口のピリピリとした疼痛、そして中の軋《きし》むような痛みと圧迫感に莉子が顔を歪めると、彼が熱い息を吐いた。

「全部挿入ったよ。……慣れるまで、少し動かないでおこうか」

「……っ」

暗がりの中とはいえ、大きく脚を開かされて接合部を見られているのが、恥ずかしくてたまらない。

腕を上げて顔を隠し、守川のものがドクドクと体内で脈打つのを感じていると、しばらくして彼が緩やかに奥を突き上げてきた。

「んぁ……っ！」

押し込まれた先端が深いところを抉《えぐ》ってきて、莉子は声を上げる。

守川は決して乱暴な動きはせず、こちらの反応を見ながら少しずつ揺さぶってきた。中が馴染《なじ》んできた頃、彼は徐々に律動を大きくしてくる。

「うっ……ん……っ……は……っ……あっ……」

押し込まれる圧倒的な質量に、息が上がる。

入り口の痛みは相変わらずで、全体に引き攣《つ》れるような感覚があるが、そんな莉子を見下ろす守川の目には押し殺した熱情があった。

「……莉子ちゃん」

「あっ、ぁ……っ」

「隠さないで、顔見せて」

頬が紅潮し、涙で潤んだ様子を見られるのは嫌だったが、莉子の顔を見た守川は目を細めて微笑む。

彼は上体を倒してより深く自身を莉子の体内に埋め、ささやいた。

「……泣きそうな顔、すっごい可愛い」

「……っ」

間近で見る端整な顔立ち、そして守川からにじみ出る色気に、莉子の心拍数が上がる。

パッと見はいかにも草食系の優しい雰囲気のため、彼がこんなにもベッドで巧みだとは思わなかった。

「ん、……っ」

体重を掛けて押し込んだもので奥を突き上げながら、守川が唇を塞いでくる。

舌を絡ませられ、喉奥まで探られる動きが苦しくて思わず中を締めつけると、彼が熱っぽい息を吐いた。

「駄目だ、予想外に早く達《い》きそう」

「……っ」

「莉子ちゃん、俺のこと名前で呼んでみて」

「ひ、響生、さん……？」

「うん、そう」

守川がうれしそうに微笑み、律動を徐々に激しくしてくる。

腰を打ちつけられるたびに圧迫感で息が止まりそうになり、莉子は夢中で目の前の彼の身体にしがみついた。

硬い屹立で擦り立てられる内壁が、じんじんと熱を持っている。溢《あふ》れ出るぬめりのおかげで守川の動きはスムーズで、接合部から耳を塞ぎたくなるような淫靡な水音が立っていた。

いつ終わるのかわからない行為におののきながら、莉子は息も絶え絶えに訴える。

「んっ……や、ぁ……っ……も……っ」

「うん。もう達くよ」

ひときわ激しく何度か奥を突き上げられ、莉子は高い声を上げる。

やがて守川がぐっと奥歯を噛み、屹立が最奥でビクリと震えて、彼が達したのがわかった。

「はぁっ……」

莉子はようやく止んだ律動に、ぐったりと身体の力を抜いた。

心臓がドクドクと速い鼓動を刻み、汗ばんだ肌が熱を持っている。そんな莉子を見下ろしながら、守川が長く充足の息を吐いた。彼が萎えた屹立を慎重に引き抜いてきて、内襞を擦られる感触に莉子は顔を歪める。

避妊具を外して後始末をした守川が屈み込み、額に口づけて言った。

「――お疲れさま」

「ぁ……」

　ベッドに横たわった彼が身体を抱き込んできて、莉子は裸の胸に顔を埋める。守川は一度強く抱きしめたあとで腕の力を緩め、ささやいた。

「無理させてごめん。初めてだから、つらかっただろ」

「あ、……あの」

　確かに痛みはあったが、そればかりではなかった。大切に扱ってもらった実感のある莉子は、小さく答える。

「……大丈夫です。守川さんが、すごく優しくしてくれたので」

「まだ〝守川さん〟？」

　ふいに彼がそんなつぶやきを漏らし、莉子は慌てて言い直す。

「ひ、響生、さん……？」

「うん、そろそろ下の名前で呼んでほしいな。せっかくこうして、ちゃんとした恋人同士になれたわけだし」

　恋人同士――というフレーズに、莉子の頬がじんわりと赤らむ。

　確かに互いの体温を知った今、守川にうんと近づけた気がしていた。これまで感じていた慕わしさや〝好き〟という気持ちの密度が増し、もっと触れたくてたまらない。

　彼の手が莉子の乱れた髪に触れ、優しく撫でてくる。頬に触れる彼の素肌、その体温や匂いに安堵《あんど》をおぼえ、莉子が頬をすり寄せると、守川が強く抱きしめて言った。

「――好きだ」

「……っ」

言葉がじんわりと心に染み、目が潤む。

好きな人に同じだけの気持ちを返してもらうことはこんなにも幸せなものなのだと、莉子は初めて知った。

彼の身体に腕を回し、そのぬくもりを肌で感じる。そして小さくささやいた。

「……わたしも、好きです」

守川が微笑む気配がし、抱きしめる腕の力が緩んだ。キスの気配に頬を染めた莉子は、甘やかな想いに胸を疼かせ、そっと目を閉じた。

第七章

北国はお盆を過ぎると途端に朝晩の空気がひんやりし、秋の気配が漂い始める。

守川が朝起きて一番にする作業は、ケトルで湯を沸かすことだ。器を温め、湯を注ぎ、茶葉を蒸らす。すっかり習慣になった動きにはよどみがなく、一口啜《すす》ってホッと息をつくとようやく行動のスイッチが入る。

今日セレクトしたお茶は、凍頂茎茶だった。凍頂烏龍茶の製造をする際、最終工程で出る細かいちぎれ葉や折り取った茎に火入れをしたもので、安価だが味に奥行きや深みがあって美味しい。

いつもより早い朝五時に目が覚めた守川は、湯気の立つ飲杯を片手にリビングの窓を開け、澄んだ外の空気を吸い込んだ。パソコンを起動して雑誌の原稿をやろうかと考えていると、背後でかすかな物音がする。

振り返ると、そこには寝起き姿の莉子が立っていた。

「……響生さん……」

「何だ莉子ちゃん、もう起きちゃったの？」

なるべく物音を立てないようにしていたものの、寝ていた彼女を起こしてしまったらしい。

初めて抱き合ってから約三週間、莉子は仕事が休みの前日に守川の自宅に泊まるのが習慣になっていた。互いの休日のサイクルが合わず、長い時間一緒にいられないために守川から提案したことで、もう三回目となる。

彼女がパジャマ代わりにしているのは、守川が貸したTシャツだ。大きすぎるそれを着た様子が幼げで可愛く、飲杯をテーブルに置いた守川は歩み寄って莉子の乱れた髪を撫《な》でた。

「七時くらいに起こそうって考えてたんだけど。あと二時間もあるし、もう少し寝たら?」

「気づいたら、響生さんがいなくて……どうしたのかと思って」

「目が覚めちゃったから、お茶飲んでたんだよ。ちょっと仕事をして、朝ご飯の用意が終わったら、莉子ちゃんを起こそうと思ってた」

莉子が寒そうに二の腕をさするのが見え、守川は慌てて開いていた窓を閉める。彼女は腕と足がむき出しのため、外の空気が冷たかったに違いない。

「ごめん、身体冷えたかな。ベッドに行こう」

彼女が守川を見上げ、問いかけてくる。

「響生さんも?」

いかにも添い寝してほしそうなその言葉に、守川は微笑む。

こんなささやかなことでも莉子が自分に甘えてくれるのがうれしく、背中に手を添えて寝室に促しながら言った。

「うん、莉子ちゃんがそう言ってくれるなら、喜んで」

ベッドに横たわり、華奢《きゃしゃ》な身体を抱き込む。

腕にすっぽりと収まる大きさや甘い髪の匂い、触れ合う素足の感触に、いとおしさが募った。

（……ほんと、呆《あき》れるほど骨抜きにされてるよな）

彼女と初めて抱き合ってから約三週間、守川はすっかり五つ年下の恋人に夢中になっている。

莉子は性格が素直で、容姿も可愛らしい。恋愛に奥手なせいで最初こそ及び腰だったものの、近頃はだいぶ打ち解け、少しずつ甘えてくれるようになっていた。

「響生さん、さっき言ってた仕事って、お店の……？」

ふいに莉子がそう尋ねてきて、守川は彼女の髪を弄びながら答える。

「いや、コラムの原稿。締め切りはまだ先なんだけど、時間があるときにちょこちょこ書いてて」

雑誌に掲載されるお茶に関するコラムは、文字数こそ多くないものの内容や構成などで悩み、毎回書き上げるまでに時間がかかる。

それを聞いた莉子が、モソモソと言った。

「わたしが泊まったせいで、仕事をする時間がなくなったんじゃ……」

「ん？　そんなことないよ。俺はたぶん、いろいろ詰め込みすぎなんだ。自宅にいるときも何かしら仕事っぽいことをしてばかりだし、プライベートとの明確な線引きができてないんだと思う」

今までは一人だったため、それでもまったく構わなかった。

しかし莉子という恋人ができた現在は、仕事を入れすぎた自分を恨みたい気持ちがこみ上げてくる。

「こっちこそごめん。俺が一緒にいたいばっかりに、休みの前の日に莉子ちゃんに泊まってもらったりして」

「わ、わたしも一緒にいたいから……」

頬を染めながらそんなことを言われ、守川の中の情欲に火が点く。

チラリとベッドサイドの時計を確認したところ、まだ時間は充分にあるようだ。莉子の身体を仰向けにベッドに押し倒すと、彼女が驚きに目を瞠《みは》って言った。

「ひ、響生さん……？」

「そういう可愛いこと言われたら、我慢できなくなるよ。ほら、万歳して」

「あ……っ」

Tシャツを脱がせた途端、白い素肌があらわになる。たわわな胸のふくらみを目にした守川は、内心「何度見ても眼福だな」と考えた。

（清楚《せいそ》な顔でこの体型って、ある意味男の理想だもんな。多感な時期の男子中学生が興味を持つのも、当然かもしれない）

中学時代に同級生の八木から指摘されて以来、胸の大きさは莉子の中でコンプレックスらしい。

そんな彼女の嫌な思い出を払拭するべく、守川は胸以外のいろいろなところを褒めるようにしていた。透明感のある白い肌、細い腰や肩甲骨がきれいな背中はもちろん、莉子はとても感じやすくて愛撫《あいぶ》に素直な反応を返す。

外の明るさがカーテン越しに差し込む部屋の中、Ｔシャツを脱がされた彼女が、小さな声で言った。

「……っ……昨夜もしたのに……」

「昨夜は昨夜だよ。ああ、まだ濡《ぬ》れてる……」

「あ……っ」

胸の先端を舐《な》め上げながら下着の中に手を入れると、蜜口は昨夜のぬめりを残して熱くなっていた。

指を一本挿入した途端、柔襞《やわひだ》がきゅうっと絡みついてきて、守川は微笑む。狭い中をゆるゆると行き来させせつつ胸の尖《とが》りを吸うと、愛液の分泌がすぐに多くなり、粘度のある水音が立ち始めた。

莉子がモゾモゾと足先を動かして声を上げた。

「あっ……響生、さん……」

「指、増やすよ」

「んん……っ」

ぬかるんだ隘路《あいろ》が、守川の二本の指を根元までのみ込んでいく。狭い内部で指を動かしながら、守川は彼女の唇を塞いだ。

「うっ……ん……っ」

小さな舌を絡め取り、吸い上げる。口蓋を舐め、喉奥まで探る動きに、莉子が甘い声を漏らした。

指を受け入れたところがわななき、彼女が感じていることがつぶさにわかる。何度も深いキスをするうちに莉子の目が官能に蕩《とろ》けて、守川は笑って問いかけた。

「莉子ちゃん、キスは好き?」

「……っ……好き……」

「指は? ほら、奥の感じるところで動いてる」

「あっ……そ、れは……っ……」

中を穿《うが》つ動きを止めないまま、守川は敏感な快楽の芽も親指で押し潰す。途端に中がきつく締まり、莉子が声を上げた。

「あっ、あっ」

「ここも好きだろ。中がビクビクして、どんどん濡れてくる……」

涙目で上気した顔、素直に反応する身体、甘い声も、すべてがたまらない。

しばらくそうして彼女を啼《な》かせ続けた守川は、やがて指を引き抜く。途端に透明な愛液が蜜口からトロリと零れ、糸を引いた。

濡れた指を舐めた守川は、莉子の下着を脱がせる。そして自身の昂《たかぶ》りに避妊具を被せ、蜜口に先端をあてがった。

「ん……っ」

丸く張り出した亀頭をのみ込ませ、じわじわと幹の部分を埋めていく。

熱く濡れそぼった襞がわななきながら絡みつき、守川は得も言われぬ快感を味わった。

（あー、きつい。……相変わらず狭いな）

隘路をゆっくりと進んだ屹立《きつりつ》の先端が、やがて一番奥まで到達する。

彼女が浅い息をしながらこちらを見つめてきて、その表情に苦痛の色がないのを確かめた守川は、その膝裏をつかんで言った。

「……動くよ」

一度入り口近くまで腰を引き、最奥まで深く埋める。

莉子が「あっ……！」と腰にくるような声を出し、それに煽《あお》られながら律動を開始した。

「あっ……ぁ、は……っ」

内壁を擦りながら隘路を行き来し、守川はその狭さときつい締めつけを堪能する。

細いウエストをつかんで突き上げると、動くたびに彼女の形の良い胸が揺れ、視覚的にも守川を満足させた。

「……っ、ぁっ、響生、さん……っ」

「莉子ちゃんの中、すっごい気持ちいい。姿勢変えていい？」

莉子が小さく頷《うなず》き、守川は彼女を抱えて身体を起こす。そしてベッドのヘッドボードに枕を当て、自分の背を預けた。

「あ……」

向かい合い、腰に跨《また》がる形になるのは初めてで、莉子がかあっと顔を赤らめる。

守川は彼女の身体を抱き寄せ、胸をつかんで先端を舐めながらささやいた。

「——動いてみて」

「え……っ」

莉子はしばし逡巡《しゅんじゅん》している様子だったが、やがて守川の肩につかまりながら腰を揺らし始める。

正常位のときよりきつく感じる隘路で屹立が擦られ、大きな動きではないのに深い愉悦をもたらして、守川は熱い息を吐いた。いつもと違う感覚なのは彼女も同じようで、ゆるゆると腰を動かしながら上擦った声で言う。

「ぁ……っ、はっ、響生さ……っ」

「上手。ほら、もっと動いて」

「んぁっ……！」

ぬるりと奥深くまで入り込む感触が心地よく、守川は彼女の小ぶりな尻をつかんで腰をグラインドさせる。接合部から粘度のある水音が響き、莉子が切れ切れに言った。

「はぁっ、や、……おっき……っ」

「うん、全部挿入ってる……莉子ちゃんの一番奥に当たってるよ。ほら」

「あっ、あっ」

喘《あえ》ぐ彼女の後頭部を引き寄せ、守川は唇を塞ぐ。

喉奥からくぐもった声を漏らすのがいとおしく、何度も角度を変えて口づけると、守川を受け入れた部分がビクビクとわなないた。

「気持ちいい？　莉子ちゃん」

「……っ」

直截《ちょくせつ》的な言葉に羞恥をおぼえたのか、莉子がぐっと言葉に詰まる。

だが彼女がどう感じているかは明らかで、守川は笑った。

「まあ答えなくても、丸わかりだけどさ。中の反応で」

「……あ……」

「感じやすいの、本当に可愛い。いっぱい動いてあげるから声出して」

細い腰をつかみ、接合部を擦り合わせるように中に埋めた屹立を動かす。

一分の隙もないほど蜜着した内壁がきつく締めつけてきて、莉子が高い声を上げた。彼女は守川の首にしがみつき、上擦った声でささやく。

「んっ……あっ、これ、駄目……っ」

「ぬるぬるで、すっごい締まる……ほんと、たまんない」

「あ、っ……！」

奥の反応するところをひときわ強く抉《えぐ》った瞬間、莉子が大きく震えて達する。

中の引き絞る動きで強烈な射精感がこみ上げ、守川はぐっと奥歯を噛《か》んでそれをこらえた。そしてぐったりと脱力した彼女の頭を自分の肩口に抱き寄せ、耳元でささやく。

「ごめん、もうちょっと我慢して」

すっかり力が抜けた莉子の腰をつかみ、守川は下から深い律動を送り込む。

絶頂の余韻に震える中を何度も突き上げられ、彼女が切れ切れに喘いだ。柔らかいのに絶妙な圧で締めつけてくる内部が得も言われぬ快感をもたらし、息が上がる。

思うさま莉子を揺さぶり、彼女の最奥まで自身をねじ込んだ守川は、やがて薄い膜越しに熱を放った。

「……っ」

わななく隘路の奥でありったけの欲情を放ち、大きく息を吐く。

身体がすっかり汗ばみ、心臓がドクドクと速い鼓動を刻んでいた。全身に纏《まと》いつくような甘い疲労をおぼえながら、守川は莉子の頭を支えて慎重にベッドに横たえる。

「あ……」

ズルリと屹立を引き抜く感触に、彼女が眉を寄せる。

避妊具をはずし、ベッドサイドに置かれたティッシュで後始末をした。そうしているうち、疲れ果てた莉子がうとうとと微睡み始める。守川はタオルケットで彼女の肩まで覆い、乱れて頬に掛かる髪をそっと指先で払ってやった。

（もう六時だから、さっさとシャワーを浴びて身支度しなきゃな。莉子ちゃんの朝ご飯も作らないといけないし）

こうして自宅に泊まるとき、守川は彼女を徹底的に甘やかしている。一緒に風呂に入って身体を洗い、濡れた髪を乾かしてやって、せっせと朝食やお茶などを用意するのは、元々まめな性質《たち》である守川にとってまったく苦ではなかった。

かすかな寝息を立てる姿を見ると、じんわりといとおしさが募る。もっと甘やかしたい、可愛がりたい。そんな気持ちがこみ上げてやまず、自分がこんなにも恋人に甘い人間だと知ったのは、莉子とつきあってから初めてだった。

（満たされない時間が長かった反動なのかな。気持ちを返してもらえるのが、こんなにも幸せなことだなんて）

——今までは、一方通行の恋だった。想いを伝えようとせず、ただ傍観しているうちに、相手は他の人間のものになってしまった。

しかし今は莉子という存在のおかげで、心がこの上なく満たされている。

「……好きだよ、莉子ちゃん」

そっと髪を撫でてつぶやくが、彼女は目を覚まさない。

守川が仕事をしている日中、莉子は自宅の雑事をこなすために一旦帰宅するものの、夜になればまた会える。

晩ご飯は外で食べようか、それとも自宅で手料理を作ってのんびりしようか。そんなことを考えて微笑み、名残惜しい気持ちでしばらく彼女の寝顔を見つめた。

やがて立ち上がった守川は、音を立てずにベッドを離れ、寝室をあとにした。

＊　＊　＊

週の後半の金曜日、昼休みの事務所内はほとんど人がいなくなり、閑散としている。

会社が街中にあるためにランチをする店には事欠かず、外に食べに行く人間が多かった。しかし中にはお弁当を持参している女子社員もいて、莉子はそうした数人とお昼を一緒にするのが日常となっている。

ちょうど食べ始めたところで、外の打ち合わせに出ていた先輩の宇野真衣子が事務所に入ってきた。

「ただいまー、外はすっごい暑さだよ。もうすぐ九月だってのに」

「お疲れさまです」

午前中の彼女は、十月に行われる就職説明会の企業ブースの打ち合わせに出掛けていた。

鞄《かばん》をデスクに置いた宇野が、コンビニで買ったらしいサンドイッチと飲み物を手に「混ぜてー」と莉子たちの元までやって来る。そして感心した顔で言った。

「あなたたち、毎日お弁当を作るなんて本当にまめね。私なんか家に帰ったら洗濯をするだけで精一杯だし、朝もギリギリまで寝てるから、まったくそんな余裕がないわ」

宇野の言葉を聞いた社員の一人が、笑って答える。

「宇野さんは毎日打ち合わせに飛び回ってて、忙しいですもんね。私は親元なので、母に作ってもらってるんです」

「玉谷さんは独り暮らしだから、手作りだよね？」

話を振られた莉子は、慌てて答える。

「でも、たいしたものは入れてないですから」

「そう？　いつも彩りのきれいなお弁当作ってるなーって思いながら見てたよ」

意外に見られているものだと考えながら、莉子は卵焼きを口に運ぶ。そのときふいに、一年先輩の女性社員が言った。

「最近さ、玉谷さんってちょっと変わったよね？」

驚いて目を瞠ると、他の一人が「あ、わかる」と口を開いた。

「何だか前より、仕事に積極的になったっていうか。元々真面目にきっちりやってくれてたけど、すごく考えながら動いてるなって」

突然指摘され、莉子はじわじわと頬を赤らめる。

この二ヵ月ほど、莉子は内気な自分を変えようとしていた。急にガラリと変わるのは無理でも、仕事や対人面で少しずつ積極性を身に着けられたら――そう考え、何か行動するときは頭の片隅で常に意識するようにしていた。

（誰も気づいてないと思ってたけど、わかってくれる人もいたんだ。……うれしい）

そうした考えに至ったきっかけは、守川に会ったからだ。

彼を通じてお茶の世界に興味を抱き、対人面の悩みを聞いてもらったあと、〝自分を変えたい〟という気持ちが強くなった。

一方で守川の仕事に対する丁寧さや、穏やかな見た目に反していろいろなことに挑戦しているアグレッシブさを目の当たりにし、その存在がとてもいい刺激になっている。

そんな莉子をじっと見つめ、宇野がふいに言った。

「――玉谷さん、彼氏でもできた？」

莉子は目を見開き、急いで首を振る。

「えっ、そ、そんなことないです！」

「そお？　少し雰囲気が変わったから、もしかしてと思ったんだけどな。そっか、違うかー」

他の女子社員がからかう口調で、「宇野さんはどうなんですか？」と聞く。すると彼女は、ため息をついて答えた。

「どうせ私はからっきしですよ。何かね、婚活とかするくらいなら、家で一分でも長く寝たいとか思っちゃうんだ。女子としてやばいよね」

「うーん、思考がもう男の人になってますねぇ」

話題がそれていったことにホッとしながら、莉子は頭の片隅で「さっきのは、認めてもよかったのかな」と考える。

(あの響生さんと、つきあってるんだよね……わたしが)

整った容姿とスラリと高い身長、穏やかな物腰、そして茶全般に関する豊富な知識を有する彼は、雑誌で〝イケメン茶葉店店主〟などと書かれていて女性に人気がある。

そんな守川と交際を始めて約三週間が経つが、これまで異性に苦手意識を持っていたはずの自分の今の状況に、莉子はまだ信じられない気持ちでいっぱいだった。

最初こそ〝異性を意識しすぎてしまう部分を治すため〟という名目で、そのリハビリの相手として立候補してくれた守川だったが、彼は常に莉子の気持ちを考えて焦らず事を進めてくれた。

毎日店で会って会話をすることから始まり、少しずつ信頼を積み重ねていって、ようやく身体を重ねたときはとても幸せな気持ちになれた。

あれから守川は、蕩けるように莉子を甘やかし続けている。常に「可愛い」と言ってスキンシップを欠かさず、風呂や食事までせっせと世話を焼かれるのは、まさにお姫さま待遇だ。

彼の自宅に泊まった昨日の朝も、目が覚めるとダイニングテーブルに朝食が用意されていた。蓮根《れんこん》とひじきのきんぴらや肉じゃがなどの作り置きのおかず、オクラの梅しそ和えと卵焼き、小さなおにぎりというワンプレートは、見た目も栄養バランスも完璧なものだった。

　さらには小松菜と油揚げの味噌汁《みそしる》、ポットに入れた温かいほうじ茶がセルフサービスになっていて、至れり尽くせりのテーブルを見た莉子はかえって申し訳なさをおぼえた。

（響生さんはいろんなことに気を回して世話を焼いてくれるのに……わたしはあの人に、何も返せていない）

　パッと見は草食系の穏やかな印象だが、実際の守川は恋人に対して蕩けるほど甘く、莉子はそのギャップに翻弄されていた。

　ベッドでは情熱的な彼に経験のない莉子はたやすくグズグズにされ、気がつけばいつもすべての後始末まで終わっている。

（おうちの片づけとか掃除を手伝えればいいけど、響生さんは家事能力が高いから、全部さっさと終わらせちゃってるんだよね……。今度「何か手伝わせてほしい」って、わたしのほうからお願いしようかな）

　そう考えながら昼食を済ませ、莉子は更衣室に弁当箱をしまいに行く。

　戻ってきて何気なく給湯室を覗《のぞ》くと、誰かが零したコーヒーを拭いたのか、台布巾が茶色く汚れたまま放置してあった。腕まくりをした莉子は、それをシンクで洗い始める。

（コーヒーの染みだから、普通に洗っても全然落ちない。漂白剤に浸けるしかないか）

　金属製のボウルを出し、漂白剤の原液を入れて、水で希釈する。

汚れた布巾を畳んで浸け込んだ瞬間、ふいに戸口のほうから声が響いた。

「――何だ、玉谷じゃん」

驚いて顔を上げると、そこにいるのは八木だ。

ドキリとして息をのむ莉子を見つめ、彼は笑顔で給湯室に入ってきた。

「ごめん、汚れた布巾を置きっ放しにしたの、俺なんだ。さっきデスクでコーヒー零しちゃってさ、さすがに汚れ物を放置しとくのはまずかったかと思って戻ってきたんだけど、玉谷が洗ってくれたんだな。サンキュ」

「……っ」

八木の口調は、とても気安い。

彼の態度は会社の先輩である莉子に向けるものとしては適切ではないが、おそらくは中学時代の同級生という関係上、敬語を使わなくていいと判断したのだろう。

莉子は顔をこわばらせ、濡れた手を乾いたタオルで拭く。そして無言で給湯室を出ようとしたものの、通り過ぎる寸前に八木がやや声を大きくして言った。

「なあ、何で無視すんの？」

莉子はビクッとし、思わず立ち止まる。彼は横から莉子を見下ろし、言葉を続けた。

「ここに入社してからずっと、俺は山田さんに帯同して外に出てたから、会社にいる時間は限られてたけど。玉谷、俺のこと無視してるよな。今だってせっかく話しかけてんのに、全然答えないし」

心臓の鼓動が速くなり、手のひらに嫌な汗がにじみ出す。そんな莉子の顔を覗き込み、八木が笑って言った。

「でもそういう態度取るのって、逆に『気にしてください』って言ってるようなもんだよ。だって俺、すげー気になってるもん。玉谷のこと」

彼は服装もおしゃれで、話し方も如才ない。

顔立ちも悪くなく、おそらく傍から見たらそれなりにもてるタイプなのだろうが、莉子にとっては依然としてトラウマを刺激する存在に他ならなかった。

答えない莉子を見つめ、八木が鼻でふっと笑った。

「玉谷さ、可愛くなったよな。昔も清楚系だったけど、今はあのときよりも垢抜《あかぬ》けてて」

給湯室の外の廊下はざわめいていて、人の気配がしている。誰かに入ってきてほしいと思うのに、一向にその気配はない。

彼は莉子に寄せていた身体を離し、安心させるように微笑んだ。

「玉谷が引っかかってるのって、昔のことだろ？　あの件については、一応反省してるんだ。俺のせいでお前、一部の女子とギスギスしちゃったんだもんな。でも別に俺が率先してやらせたわけじゃないし、あいつらは元々性格が悪くて、きっと八つ当たりする対象が欲しかっただけなんだよ。要は若気の至りっていうか」

「……っ」

八木の言葉を聞いた莉子は、じわりとした怒りをおぼえる。

彼は〝一応〟反省していると発言したが、莉子にとって卒業までの一年余りは針の筵《むしろ》のような日々だった。八木の軽率な行動が橋本亜美とその取り巻きを煽り、長いこと聞こえよがしに悪口を言い続けられたというのに、そんな軽い一言で済ませるつもりなのだろうか。

だが彼は、莉子の苛立ちには気づいていないらしい。謝ったことで禊《みそぎ》は済んだと思ったのか、八木が明るい口調で言う。

「なあ、玉谷って今、つきあってる奴いるの？　もしいないんなら、俺とさ……」

「――お断りします」

短くきっぱりと答えた莉子は、かすかに顔を歪《ゆが》めながら給湯室を出る。

足早に廊下を歩きつつ、心には怒りと惨めさが混ざり合った、複雑な気持ちが渦巻いていた。

（やっぱり八木くんは、昔と全然変わってない。……無神経で、自己中心的なまま）

以前、守川が指摘したとおりだ。

莉子の意識しすぎる態度がかえって八木を刺激し、変に興味を持たれてしまった。多少なりとも自分が変わったと思っていた莉子は、彼を上手くあしらえなかったことに忸怩《じくじ》たる思いを噛みしめる。

（さっきの一言で、八木くんは諦めてくれるかな。それともはっきり「つきあってる人がいる」って言ったほうがよかった？）

あんなおざなりな謝罪で、過去のでき事を許す気にはなれない。もちろん八木とつきあう気持ちは毛頭なく、莉子の胸にモヤモヤとした思いがこみ上げる。

その日の夜、仕事帰りに守川茶葉店に寄った莉子は、「今日はお寿司を食べに行こうか」と守川に誘われて、道路を挟んで斜め向かいにある小さな寿司店に向かった。

店の前まで来たところで、莉子は彼に問いかける。

「わたし、回らないお寿司屋さんって初めてです。響生さんのお知り合いなんですか？」

「うん、ご近所さんとして仲良くさせてもらってる。お互いの店の客だしね」

六十代の店主と女将、そして三十代の娘で切り盛りしている店はアットホームな雰囲気で、価格もとても良心的だった。

勧められてビールを飲んだ莉子は、二時間後、ふわふわとした酩酊《めいてい》をおぼえながら外に出る。ひんやりとした夜気が火照った頬に心地よく、あれだけ湿度が高かった夏の暑さがすっかり鳴りを潜めていて、もう秋が近いのだと強く感じた。

「莉子ちゃん、家まで送るよ」

守川がそう言って自宅の方角に向かって歩き出し、莉子はふと表情を曇らせる。

明日もお互いに仕事で、だからこそ彼はこの時間で切り上げようとしているのだとわかっているが、守川ともっと一緒にいたかった。

（いつも響生さんが「うちにおいで」って言うときしか、一緒に過ごしてない。……わたしから誘うのは、何だか負担になる気がして）

彼はかなり多忙で、茶葉店を閉めたあとも自宅で仕事をしていたり、電話やメールで誰かとやり取りしていることが多い。そのため莉子は、自分から守川を誘うことに強い躊躇《ためら》いがあった。

離れがたい気持ちになっているのは、昼間のでき事が影響しているのだろうか。給湯室での八木とのやり取りは莉子の心に重くのし掛かっていて、今も憂鬱な思いでいっぱいだ。

（でも……）

今日の一件について、莉子はまだ守川に話していない。これまで八木に関することはすべて相談してきたものの、今回はなかなか口に出せないでいる。

歩きながら考えた莉子は、その理由が〝守川に何も返せていない〟という負い目からきていることに気づいた。いつも彼に甘やかされてばかりで、寄りかかるのが当たり前になってしまっている。だがたとえ守川自身がそれを望んでいるのだとしても、今以上に負担になるのは避けたい。八木の件はできるだけ自分で解決したい――そんな気持ちが、莉子の中にあった。

考えながら歩いているうち、自宅アパートの前に到着する。いつもならここでお礼を言って別れるところだが、莉子は勇気を出して守川の手に触れて言った。

「あの、響生さん。――よかったらうちで、お茶でもいかがですか？」

第八章

莉子の言葉を聞いた守川が、驚いた顔で目を瞠《みは》る。彼は吹き抜ける風に髪を揺らして言った。

「いいの？」

「はい。今までは部屋が散らかってたりしてて、なかなか『どうぞ』って言えなかったんですけど」

そこでふと思いつき、莉子は焦りながら言葉を付け足す。

「あ、でも、もし響生さんが忙しいのなら、断ってくれて全然構いません。家でもいろいろお仕事をされてるし、こうして送ってもらうだけでも、かなり時間を取らせてしまってますから」

「いや。誘ってくれて、すごくうれしい。お言葉に甘えてお邪魔しようかな」

守川が微笑んでそう言ってくれ、莉子はアパートの二階に案内する。

中は八畳のリビングダイニングと六畳間という、典型的な単身者用の造りだ。玄関に入って電気を点け、少し緊張しながら「どうぞ」と言うと、彼が靴を脱いだ。

「お邪魔します」

リビングは落ち着いたトーンの家具やラグ、ソファなどが並んだ、ナチュラルなインテリアとなっている。

室内を見回した守川が、笑って言った。

「莉子ちゃんの部屋、可愛いね。いかにも女の子の部屋って感じで」

「そうですか？」

「うん。何だか新鮮」

部屋に異性を入れたのは初めてで、莉子の心臓の鼓動が速まる。いくら酒で酩酊《めいてい》しているとはいえ、自分から誘うのは大胆だっただろうか。

（でも……）

――今日はどうしても、彼を誘惑したい。そしてもっと長い時間、一緒にいたい。

そう決意した莉子は振り返り、守川に向き直る。すると彼が、不思議そうにこちらを見下ろして言った。

「……莉子ちゃん？」

勇気を出して背伸びをし、莉子は彼に口づける。触れるだけで一旦離れ、小さな声で告げた。

「響生さんがあっさり『送っていく』なんて言うから、もっと一緒にいたくて家に誘ったんです。……ごめんなさい」

　そんな莉子の言葉を聞いた守川が、目を丸くする。彼はこちらの腰を抱き寄せ、微笑んで言った。

「何で謝るの？　酔ってる莉子ちゃんは可愛いね、いつもより素直で」

「響生さんは、忙しいのに……わたしが我儘《わがまま》を言ってるから」

「俺は君に、うんと甘えられたいと思ってる男だよ。忙しさはどうにでもなるから気にしなくていいし、こんな可愛い我儘なら大歓迎」

　守川の優しい口調に、莉子はじんわりと安堵《あんど》をおぼえる。彼の身体に腕を回して抱きつき、その匂いを吸い込んで言った。

「よかった。酔った勢いで、図々しかったかもって……わたし」

「全然」

　守川の手が莉子の頤《おとがい》を上げ、口づけてくる。

　何度か表面を吸い、押し入ってきた舌に口腔《こうこう》を優しく舐《な》められて、莉子は甘い吐息を漏らした。唇が離れた瞬間、互いの間を透明な唾液の糸が引くのを恥ずかしく思いながら、小さく言う。

「……もっと」

「君は、ほんとに」

　守川が呆《あき》れたように息をつき、ふいに身体を抱き上げてくる。

　突然そんなことをされて驚きながら、莉子は彼の顔を見下ろした。

「ひ、響生さん？」

「寝室、どこ？」

日線でリビングから通じるドアを示すと、守川は莉子を抱えたまま大股で歩み寄っていく。

暗い室内に入り、シングルサイズのベッドに押し倒してきた彼が言った。

「――君から煽《あお》ってきたんだから、途中では止まらないよ。あんまりがっつきすぎるのもどうかと思って、今日はあっさり帰ろうとしてたのに」

「……んっ」

守川が覆い被さるように口づけてきて、莉子は目を閉じてそれを受け入れる。

ぬめる舌が絡み合い、深くまで探られて、すぐに息が上がった。彼の背中に腕を回してしがみつきながら、莉子はいつになく大胆な自分の行動について考える。

（わたしはきっと、不安なんだ。八木くんがあんなふうに近づいてきて、でも響生さんには話したくなくて。そのくせ不安で、たまらなくなってる……）

唇を離した守川が、間近からじっと見つめてくる。

彼はニッコリ笑い、楽しそうな口調で言った。

「さて、莉子ちゃんからこんなふうに迫ってくれたのは初めてだから、どうしようかな」

「えっ？」

「とりあえずストッキング脱ごうか」

身体を起こした守川が、莉子のストッキングに手を掛け、スルスルと脱がしていく。抜き取ったそれを床に落とした彼は、おもむろに莉子の片方の脚を抱え上げると、くるぶしに口づけてきた。莉子は慌てて声を上げる。

「あの、待っ……」

「莉子ちゃんの脚、きれいだね。細くてすんなりしてて」

「あっ……！」

守川の唇がふくらはぎの内側をなぞり、ときおり軽く吸ってくる。そして膝頭に音を立ててキスをすると、内ももにも唇を這《は》わせてきた。

「……っ」

彼の眼鏡のフレーム、かすかな吐息や髪が内ももに触れる感触に、ゾクゾクする。

やがて脚の付け根にまで到達した守川は、おもむろに下着の上から脚の間を舐めてきた。

「あっ！」

思わず声を上げ、慌てて太ももを閉じようとするものの、彼の手がやんわりとそれを押し留める。

守川の舌が布越しに割れ目をなぞり、生地がじんわりと唾液で湿っていくのがわかり、頬が熱くなった。敏感な突起を舌先でつつかれ、じんとした愉悦がこみ上げる。

蜜口が潤み出し、それが恥ずかしくてたまらない莉子は、思いきって彼に向かって言った。

「あ、あの！　今日はわたしが、響生さんにしたいんですけど……っ」

動きを止めた守川が顔を上げ、驚いた様子で「莉子ちゃんが？」と問いかけてくる。莉子は頷《うなず》いて答えた。

「初めてなので……上手にできるかどうかはわかりませんけど、でも頑張りますから」

彼は身体を起こし、莉子の顔を見つめる。そして微笑んで言った。

「ＯＫ。じゃあ、姿勢を変えようか」

守川がベッドの上に脚を広げて座り、両膝を立てた状態で「どうぞ」と促してくる。

莉子はモソモソと彼の脚の間に屈み込み、ぎこちない動きでベルトに手を掛けた。

（わ……）

自らの手で守川の局部をあらわにすると、薄闇の中とはいえ形がはっきりわかり、恥ずかしさがこみ上げる。

彼のものは半ば兆していて、その状態でも莉子の想像よりだいぶ大きかった。

「平気？　無理しなくていいよ、莉子ちゃんができなくても、俺は全然構わない」

「で、できます！」

そろそろとつかんだ屹立《きつりつ》は熱く、弾力があるのに張り詰めていて、その独特の感触にびっくりした。

両手で握り込んだ莉子は顔を伏せ、先端に舌を這わせていく。

「……っ」

舌先が触れた瞬間、守川がピクリと身体を震わせて、莉子は驚いて動きを止める。彼は腕を伸ばし、莉子の髪を撫《な》でて言った。

「大丈夫だから、続けて」

丸く張り出した先端には切り込みが入り、くびれの下の幹の部分に太い血管が走っている。

莉子は亀頭の丸みをチロチロと舐め、くびれにも舌を這わせた。幹の部分を唇でなぞっていくと、守川の手が優しく髪を撫でてくる。

「上手。口に入れられる？」

想像していたような嫌悪感がなかった莉子は頷き、先端を口に含む。

歯を立てないように気をつけながら舌を這わせるうち、守川が気持ちよさそうに熱い息を吐いた。それを聞いた莉子は、うれしくなる。

（響生さん、気持ちいいのかな。……もっと上手にできればいいんだけど）

鈴口から塩気のある体液がにじみ出し、莉子の舌を刺激する。ふいに彼が、莉子の頬に触れて言った。

「莉子ちゃん、俺の身体を跨《また》いで、お尻こっちに向けて」

「え……っ」

そんなことをすれば、守川の眼前に自分の下半身を向けることになってしまう。恥ずかしさで拒否したい気持ちがこみ上げたものの、流れ的に断りづらい。

莉子がモソモソと体位を変えると、彼はベッドに横たわり、下半身を引き寄せてきた。

そして下着を横にずらし、蜜口をあらわにしながらささやく。

「もう濡れてる。俺のを舐めながら濡《ぬ》らすなんて、莉子ちゃんはいやらしくて可愛いね」

「……っ……だって……」

「はら、続けて。俺も好きなようにするから」

「あっ……！」

守川が蜜口に舌を這わせてきて、莉子はビクリと腰を震わせる。

彼の熱い舌が濡れた秘所を這い、音を立てて蜜を吸った。隘路《あいろ》の中の愛液までも何度か強く吸い上げられて、強烈な刺激に莉子の体温が上がる。

「んぁっ、あ、響生、さん……っ」

吸いながら隘路に舌をねじ込まれ、中がビクビクとわななく。

柔らかく弾力のある舌が身体の内側を舐める感触は強烈で、莉子は守川の屹立を握ったままなすすべもなく喘《あえ》いだ。

「やぁっ、ぁ、中まで舐めるの、駄目……っ」

「どんどん溢《あふ》れてきて、きりがない。ほら、莉子ちゃんも頑張って」

「んん……っ」

やんわりと促され、莉子は上気した顔で彼の屹立を口に含む。

先ほどより硬度が増したそれは大きく、すべてを口に収められない。そうするあいだにも守川の舌は莉子の秘所を音を立てて舐め続けていて、すっかり翻弄されて集中できなくなった莉子は、彼に小さく謝罪した。

「も、できな……ごめんなさ……」

「いいよ、充分だ。ありがとう」

莉子の身体を一旦ベッドに横たえ、守川が身体を起こす。そしてうつ伏せの背中に覆い被さり、後ろから蜜口に指を挿れて言った。

「ああ、中もぬるぬる……舐められるの、そんなに気持ちよかった？」

「あっ……！」

首筋や耳に口づけながら、彼の長い指が莉子の体内を掻《か》き回す。

舌では届かない内襞《うちひだ》や奥までを硬い指でなぞられるのは、ゾクゾクするほどの快感をもたらした。最奥がヒクリと蠢《うごめ》き、柔襞が指に絡みつく。粘度のある水音が大きくなり、身体の奥にどんどん甘ったるい愉悦がわだかまっていって、莉子は手元のベッドカバーを強く握りしめた。

「はぁっ……ぁっ……あ……っ！」

やがて快感が弾け、守川の指を深く咥《くわ》え込んだまま、隘路がきつく収縮する。わななく中を穿《うが》っていた指が引き抜かれた途端、脱力した身体がぐったりとベッドに沈み込んだ。

衣服を脱がされたあと、彼が何やらゴソゴソとしていて、莉子は緩慢に視線を向ける。

すると上衣を脱いで眼鏡を外した守川が、財布から避妊具を取り出しているところだった。

（あ……）

彼はそれを自身に装着し、莉子の腰を抱き起こしながら言う。

「まだ寝ちゃ駄目だよ。ここからだから」

「んん……っ」

濡れそぼった割れ目を、薄い膜を纏《まと》った剛直がゆっくりとなぞってくる。硬く充実したそれは重量感があり、莉子はその大きさが少し怖くなった。

愛液のぬめりを纏わせるように動くものの先端が、ふいに敏感な快楽の芽に引っかかる。思わず「あっ」と声を漏らすと、そこばかりを狙いすまして何度も動かれ、甘ったるい快感に腰が揺れた。

「あっ……はぁっ……響生、さん……」

蜜口から新たな愛液がにじみ出し、花弁が熱を持つ。やがて亀頭がぐぐっと蜜口にめり込んできて、莉子は息を詰めた。

「ん……っ」

丸い先端をのみ込んだあと、張り詰めた屹立が柔襞を擦りながら奥へと進み、やがて根元まで埋められる。強烈な圧迫感は怖いくらいで、莉子は手元のベッドカバーをつかんで喘いだ。

すると背後から腰を抱えた守川が、かすかに息を乱して言う。

「いつもよりきつい……やっぱりバックだからかな」

「……っ」

「――動くよ」

初めは気遣うように小刻みに動き、少しずつ長いストロークにしながら、彼は莉子の体内を深く穿って喘がせてきた。

「あっ……はぁっ……ぁ……っ」

（や、大きい……いっぱい……っ）

挿れられる大きさに多少の苦しさをおぼえるものの、痛みはない。むしろ切っ先がいいところを掠《かす》めるたび、肌がゾクゾクと粟立《あわだ》つ。守川が莉子の中を穿ちながら言った。

「莉子ちゃんの細い腰とか、小さくて可愛いお尻とか、そこに出入りする俺のものとかが見えるこの体勢、たまんないな」

「あっ、あっ」

「ああ、いっぱい濡れてきた……さっきから、いいところに当たってるだろ。中がビクビクしてる」

「やぁっ……！」

背後からウエストをつかんで何度も腰を打ち付けられ、守川のものが根元まで自分の体内に埋められているのがわかる。

剛直が内部の感じる部分をすべて擦り上げ、声が出るのを止められない。熱い息を吐きながら莉子の体内に自身を埋めていた彼が、少しかすれた声で言う。

「この姿勢もいいけど、やっぱり顔も見たいな。一度抜くよ」

「あっ……！」

ズルリと肉杭《にくくい》が引き抜かれ、莉子の身体が力なくベッドに倒れ込む。

すぐに仰向けにされ、脚を開かれて、愛液で濡れ光る屹立が隘路に埋められていった。

「んんっ……」

たった今まで彼を受け入れていたそこは、根元までたやすくのみ込んでいく。

奥まで貫き、そのまま揺さぶる動きに、耳を覆いたくなるような淫靡《いんび》な水音が響いた。

後ろからするのとは違った角度で入り込む昂《たか》ぶりが莉子に快感をもたらし、次第に中を行き来するもののことしか考えられなくなる。

覆い被さった守川が唇を塞いできて、莉子は喉奥からくぐもった声を漏らした。

「うっ……ん、は……っ」

口腔を舐め尽くす舌をなすすべもなく受け入れ、交じり合った唾液を飲み下す。

涙でぼやける視界で見つめる莉子に、彼は触れるだけのキスをして言った。

「……そろそろ達っていい？」

息も絶え絶えの莉子がかすかに頷いた途端、守川が身体を密着させたまま片方の脚を抱え上げた。

深い律動に身体が揺れ、勝手に声が上がる。彼を受け入れたところが引っきりなしに痙《けい》攣《れん》し、今にも弾けてしまいそうな快楽に莉子はたちまち追い詰められた。

「あっ、あ、響生、さん……っ」

身体が密着しているせいで蜜口の上の敏感な尖《とが》りが押し潰され、腰がビクリと跳ねる。それに気づいた彼はより強く腹部を密着させ、快楽の芽を擦りながら突き上げてきた。

「はぁっ……や……っ……あっ……！」

内と外を一緒に刺激されると、ひとたまりもない。

莉子が声を上げて達すると守川の動きが一層激しくなり、接合部が立てる水音が高まった。やがて根元まで自身を突き入れた彼が、ぐっと息を詰める。

「……っ」

薄い膜越しに、ドクドクと放たれる熱を感じた。ようやく止まった律動に、莉子は大きく息を吐く。

「はぁっ……」

心臓が速い鼓動を刻み、身体がすっかり汗ばんでいる。甘ったるい快楽の余韻に、隘路の奥がまだヒクヒクとわななないていた。

守川が莉子の中から自身を引き抜き、後始末をしたあと、髪にキスをしてささやいた。

「……可愛かった」

抱き込まれてベッドに横たわった莉子は、強い眠気に襲われて目を閉じる。頬に触れる彼の素肌、心臓の鼓動、匂いに、深い安堵を感じていた。

「──ちょっとは元気出た？」

「えっ？」

「何だか今日は、少し落ち込んでる様子だったから。仕事をしていればいろいろあって当たり前だし、莉子ちゃんが自分から話すまでは根掘り葉掘り聞くつもりはない。でも、俺が常に心配してるんだってことは覚えておいて」

「……………」

莉子は虚を衝かれて黙り込む。

守川は莉子が悩んでいるのにとっくに気づいていて、だからこそ今日はあっさり帰ろうとしていたらしい。

（響生さんは……いつもそう。やっぱりわたしより人生経験のある、大人の男性だからかな）

ただ甘やかすばかりではなく、一人の人間として尊重してくれている。

その事実にじんわりと喜びをおぼえた莉子は、やはりできるかぎり、八木の件は自分で対応しようと心に決めた。

（いつまでも、頼ってばかりばかりじゃ駄目だ。響生さんと釣り合う人間になれるように、自分なりに努力しないと）

そう結論づけた莉子は、守川を見つめる。そして笑って言った。

「ありがとうございます。響生さんがそう言ってくれるだけで……気持ちが楽になりました」

「相談はいつでもしてくれていいよ。俺は何があっても、莉子ちゃんの味方だから」

見守られている安堵感に、莉子は幸せを噛《か》みしめる。こんなふうに彼が傍にいてくれるなら、八木が来ても何ら怖いことはない。

そう考え、優しいぬくもりに頬を寄せ、目を閉じた。

＊　＊　＊

八月最後の土曜日は、朝から晴れて気温が上がっている。

だが蒸し暑さはなく、湿度の低いさっぱりとした陽気だ。ランチが終わった午後の時間帯、守川は客のいない店内で仕事の電話をしていた。ちょうど切ったところで、休憩中だった大西が帰ってくる。

「ただいま戻りましたー」

「おかえり」

パソコンに向かい、帳簿をつけるための会計ソフトを開いていると、大西がにんまり笑ってこちらを見ている。守川は怪訝《けげん》な表情になって言った。

「どうしたの、ニヤニヤして」

「店長ー、俺さっきそこで、清寿司の女将さんに会ったんですよ」

守川はかすかに眉を上げ、「……ああ」と答える。大西が言葉を続けた。

「昨日の夜、寿司食いに行ったんですって？　女将さん言ってましたよ。『守川さんが連れてきた彼女、すっごく可愛い子ねー』って」

「………」

「実はちょっと前に、角の〝Cortona《コルトナ》〟の遠藤《えんどう》さんが、店長が女性連れで来店したって言ってたんですよねー。そのときは仕事の相手かなと思ってたんです、今までもそういうことがあったので」

大西がカウンター越しに顔を寄せ、わくわくした表情で言う。

「はっきり言ってください、店長。やっぱり彼女できましたよね？」

「……大西くん、君はさ、何でそんなに他人のプライベートに興味があるの。若い女の子みたいに」

呆れながらパソコンに向き直る守川に、大西が食い下がってきた。

「〝男だから〟とか〝女だから〟ってレッテル張りするの、今の世の中にマッチしてないと思いまーす。だって気になるじゃないですか、俺が知るかぎりの店長は、ずっと特定の相手を作ってなかったのに」

社交的な性格の大西は、この界隈《かいわい》において守川に負けず劣らず顔が広い。いつか彼の耳に入るのを覚悟していた守川は、ため息をついて答えた。

「……わかった、彼女ができたのは認める。これでいいんだろ」

「えー、誰ですか？　女将さん、可愛いタイプの子だって言ってたんですよね。すごくおしとやかで、ちゃんとしたおうちで育った雰囲気の子だって」

　現金出納帳をパソコンの画面に呼び出した守川は、金庫から経費と領収書が入ったポーチを取り出す。そして淡々と言った。

「玉谷さんだよ。〝株式会社AND〟の」

　大西は一瞬きょとんとし、すぐに目を見開く。

「玉谷さんって、たまにランチとかに来てる？　いつのまにそんなことに……。店長って、ああいうタイプの子が好みだったんだ」

「ああいうタイプって？」

「清楚《せいそ》で華奢《きゃしゃ》に見せかけて、実は結構な巨乳ってことですよ！」

　守川は眉をひそめ、眼鏡の奥からジロリと大西を見る。

「君がそういう印象を受けるのは勝手だけど、本人の前で口に出したら怒るよ。人は意外な部分がコンプレックスだったりするんだから」

「わかってますって。そっかー、彼女、ちょっと内気だけど楚々としてて、確かに可愛いですもんね。何かまんまとしてやられた気分だなあ」

　守川は領収書の仕分けをしながら、大西に問いかける。

「大西くん、彼女に興味あったの？　君は甘え上手だし、年上の女性とか好きなのかと思ってた」

「年上も年下も、年齢問わずウェルカムですよ。ちなみに巨乳も、もちろん好きです」

彼の言葉を聞いた守川は、内心「大西に手を出される前でよかった」と考える。

彼は明るく話し上手で、誰とでも打ち解けられる才能がある。もし本気で莉子に迫ったら、彼女もいずれ警戒心を解いたかもしれない。

(今まで人との関わりを積極的にしてなかったせいか、莉子ちゃんは世間ずれしてなくて純粋だからな。……だからつい、過保護になりそうになる)

昨日店に来たとき、莉子はどこか浮かない顔をしていた。

しかし食事の最中は一生懸命明るく振る舞おうとしているのがわかって、守川は何があったのか気になったものの、あえて聞かずにいた。本当は彼女のことなら何もかも知りたいし、腕の中に囲い込みたい。しかしそれでは莉子を人形扱いするのに等しく、一人前の社会人として尊重していないことになってしまう。

(莉子ちゃんが俺に相談してくるまでは、なるべく黙っていたほうがいい。……彼女も一人前の大人なんだから)

そう思いながらも落ち込みの理由を想像し、守川は悶々《もんもん》とする。

彼女の気鬱の原因は、やはり例の同級生だろうか。彼は中学時代から莉子を女として意識し、一時期しつこく纏わりついていたという。大人になった今、また彼女をそういう目で見ないとは限らず、ちゃんと対応できるかが守川は気がかりでならない。

(俺が誰かに対して、ここまで心配性になるなんてな。……今までは、我ながら結構冷た

い人間だったのに)

異性と交際するのは莉子が初めてではないものの、かつての守川は恋愛に対してひどく淡白な人間だった。

高校のときから彼女といるより自分の趣味に没頭するほうが楽しく、大学の長期休みなどは相手に連絡せずにフラッと海外に行ってしまい、そうした自分勝手な行動が原因で何度か振られた。

今思えば、本当に求めている人間への未練があったからこそ、何となくつきあった相手に執着できなかったのかもしれない。

(でも、今は……)

今日は土曜のせいか二時半頃からカフェの客入りが多く、守川は午後六時までの時間を忙しく過ごした。

やがて大西が帰って行き、午後七時半に仕事帰りの莉子がやって来る。「いらっしゃい」と言いかけた守川は、彼女がマスクをしているのに気づき、驚いて声を上げた。

「どうしたの、莉子ちゃん。そのマスク」

「あの……風邪気味で、少し熱っぽくて。周りの人に伝染《うつ》さないように、一応マスクしてるんです」

守川はカウンター越しに腕を伸ばし、莉子の額に触れる。

確かに少し熱いが、思ったほどではない。それにホッとしつつ、彼女に問いかけた。

「これから熱が上がってくるかもしれないね。食欲は？」

「あんまり……」

店を閉めるまでは、あと三十分弱ある。守川は彼女に椅子を勧め、ケトルでお湯を沸かし始めた。そして茶葉を選びながら言う。

「風邪やインフルエンザに効くお茶があるんだ。中国紅茶なんだけど、今淹《い》れるから待ってて」

一般に紅茶というとインドやスリランカのものが有名だが、守川が取り出したのは祁門《キーマン》という茶葉だ。滇紅《ディエンフォン》と共に中国から海外に輸出される紅茶で、ヨーロッパでとても人気がある。

「極品の祁門は本当に香りが甘くて、蘭《らん》の花に喩えられる。安物はまったく芳香がなく、スモーキーな香りなんだけどね。普通の紅茶と違ってタンニンが少ないから、苦味も出ない」

「紅茶が……風邪に効くんですか？」

「緑茶や烏龍茶は茶葉を摘んですぐ、もしくはしばらくして発酵を止めるんだけど、紅茶の場合は完全に発酵させてから茶葉を乾燥させてるんだ。この工程によって茶葉に含まれるポリフェノールが酸化し、抗菌性の強い色素であるテアフラビンが生成される」

テアフラビンには細菌やウイルスを撃退する効果があり、カテキンやテアルビジンなどを始めとした、いわゆる〝紅茶フラボノイド〟の中でももっとも抗菌作用があるといわれている。

「それに紅茶の香り成分のテルペンにはアロマテラピー効果があって、身体をリラックスさせる。つまり、自然治癒力の向上が期待できるんだ。女性は香りに敏感だから、すごくいいと思うよ」

イギリスではミルクを入れる飲み方が好まれるが、まずはストレートで味わってもらう。ガラスのティーカップの中身を啜《すす》った莉子が、ホッと息をついた。

「本当に花の香りがします。味が濃くて、砂糖を入れなくても天然の甘みがあるんですね」

「三煎くらいまでは薄くならずに、美味しく飲めるよ。煎を重ねても苦味や渋みがまったく出ないし」

午後八時に店を閉めた守川は、莉子を自宅に誘う。しかし彼女は風邪を伝染すことを気にして、「もう帰る」と言った。

「もし響生さんに伝染ったりしたら、仕事に影響してしまいます。だから……」

「具合の悪いときって、食事を作るのが億劫だろ。あとでちゃんと送っていくから、遠慮せずにおいで」

莉子を自宅に連れ込んだ守川は、彼女をソファに座らせたあと、キッチンに入って出汁を取り始める。

それを使って作ったつゆにとろみをつけ、溶き卵を回し入れて、生姜《しょうが》を効かせた温かいあんかけうどんを作った。

「食べれるだけ食べて。お腹がいっぱいになったら、残していいよ」

「ありがとうございます。……いただきます」

莉子は六割ほど食べ、デザートの甘夏のコンポート入りヨーグルトも口にした。思ったより食べてくれたことに安堵しながら、守川は彼女に提案する。

「今日はうちに泊まったらどうかな。明日の朝七時頃までに自宅まで送っていけば、会社にも間に合うだろうし」

「……でも」

「もし莉子ちゃんが一人でいるときに熱が上がったらって考えると、心配なんだ。一緒にいたら、何かあっても対処できるだろ」

彼女はしばし悩み、やがて「……じゃあ、お言葉に甘えて」と頷く。

守川はあとでコンビニに行ってメイク落としを買ってくるのを約束し、莉子をソファに横にならせた。

「ベッドのほうが身体が楽？　あ、メイクを落とさないまま眠っちゃったらまずいのか」

「あの、そんなに心配しなくても大丈夫です。さっきのうどんのおかげで、身体もポカポカしてきましたし。少しだるくて熱っぽいくらいですから」

テレビを見やすいように頭の周りにクッションをたくさん置いてやり、ブランケットで彼女の肩まで覆う。

何か飲み物を持ってこようかと聞くと、莉子は首を横に振った。

「ありがとうございます。何だかいっぱい甘やかしてもらっちゃって」

「別にたいしたことはしてないよ。熱、夜中に上がらなきゃいいけどな」

守川はソファの縁に座り、彼女の髪を撫でる。

（……メイク落としと一緒に、熱に備えて冷却シートも買っておくか）

どこか気だるげな様子がかわいそうで、いつまでも髪を撫でる。

すると莉子が守川の指を握り込みながら言った。

「響生さんが、いつも過剰なくらいに優しくしてくれるから……わたし、響生さんがいないと駄目な人間になっちゃいそうです」

「そうなれば本望だよ。俺は君を、うんと甘やかしてあげたいって思ってるし」

「うれしいんですけど、それは違うなって思うんです。寄りかかるばかりだと……いつか響生さんは、わたしを重く感じるかもしれない。だから自分の足で立てる、ちゃんとした大人になりたいなって考えていて。……でもこうして体調を崩して迷惑をかけてるんですから、全然駄目ですね」

莉子の言葉を聞いた守川は、思いのほか強い彼女の自立心を目の当たりにし、ふと口をつぐんだ。

莉子はただ守られるのをよしとせず、自分なりにいろいろなことを考えて真摯に向き合おうとしている。そんな彼女の思慮深さを、守川はただ愛玩したいという自己満足で無視してしまうところだった。

（そうだよな。この子は二十五歳の大人で……立派に仕事もこなす社会人なんだから）

今までの淡白だった恋愛とは違って、自分でも呆れるくらいに莉子にのめり込み、盲目的になっている。そんな自分に、守川は少しブレーキをかけなければと思った。

（難しいな。たとえ好きだからって、相手の意向を無視したら関係は続かなくなる。……俺はもっと、莉子ちゃんの気持ちを尊重しないと）

そう考える守川を見上げ、莉子が言う。

「響生さん、わたし、響生さんに……ずっと聞きたかったことがあって」

「何？」

自分から言い出したのにもかかわらず、彼女はしばし躊躇《ためら》うように視線を泳がせる。

やがて顔を上げた莉子が、思い切ったように問いかけてきた。

「初めてお店の前でわたしと顔を合わせたとき――どうして泣いていたんですか？」

「――――」

突然の質問に、守川は虚を衝かれて言葉を失う。

莉子に初めて会ったのは、約三ヵ月前の六月の頭だ。雨が降っていたその日、店が暇になったタイミングで外に出て、たまたま通りかかった莉子に無防備な独り言を聞かれてしまった。

黙り込む守川を見た彼女が、ハッとした表情になる。そして慌てた口調で言った。

「あの……ごめんなさい。響生さんにも話したくないことがあって、当たり前ですよね。

わたし、調子に乗って踏み込みすぎたりして……」

「いや、いいんだ」

守川は苦笑いし、言葉を続けた。

「恥ずかしい話だけど、失恋したんだ。何となく思いきれないまま長年好きだった人が、突然婚約したって聞いて……すごくショックだった」

莉子が目を瞠り、口をつぐむ。守川は当時を思い出しながら説明した。

「長年好きだったって言っても、俺の一方的な気持ちだったから、相手は何も知らない。あの日はたまたま店に遊びに来た彼女に、うれしそうに婚約を報告されて――表向きは普通の顔をしながらも、内心はひどく動揺してたんだ。その後一人になったとき、『俺は何年も何をやってたんだろう、自分からアクションを起こさなかったんだから、こうなって当たり前だよな』って考えてたら、気がつけばポロッと涙が零れてた。……女々しいだろ」

守川は「でも」と言葉を付け足す。

「もう終わった話だし、まったく未練はない。俺が今好きなのは、莉子ちゃんだよ。信じてはしい」

莉子は自分で振った話題を、後悔したような顔をしていた。彼女は守川の目を見ず、ポツリと疑問を口にした。

「そんなに好きだったなら……どうして告白しなかったんですか？　響生さんが想いを告げていたら、その人だって」

莉子の言葉を聞いた守川は、小さく息をつく。そして相手の顔を思い浮かべながら答えた。

「彼女にとって、俺はまったく恋愛対象じゃなかった。……だから最初から諦めてたんだ」

「…………」

そう、彼女にとっての自分は、ずっと恋愛対象ではなかった。

下手に動いて関係が変わってしまうのが怖くて、守川は彼女に気持ちを伝える気がなかった。

莉子はしばらく黙っていたものの、こちらを見上げ、少しぎこちない口調で謝ってくる。

「言いにくいことを聞いてしまって……すみませんでした。響生さんの気持ちを疑ったりはしないので、大丈夫です」

「本当に？」

「はい」

莉子が微笑んでくれて、守川の心に安堵が広がる。彼女はブランケットを引き寄せて言った。

「あの、少しだけ眠ってもいいですか？　実はさっきから頭が痛くて」

「もちろん。じゃあ俺は、そのあいだにコンビニに行ってくる」

莉子が目を閉じて、守川はしばらくそれを見守る。

そして立ち上がり、コンビニに向かうべく、財布とスマートフォンを手にそっと自宅を出て行った。

第九章

イベント企画会社である〝株式会社AND〟は、その業務の性質上、土日も関係なく事務所が動いている。しかし週末に自分の担当の企画がない場合、家庭がある社員たちは日曜日に休みを取ることが多い。

そのため日曜の今日は事務所内の人がいつもより少なく、閑散としていた。午前十一時、莉子は自分のデスクでパソコンに向かい、プランナーから頼まれた資料を作成していた。

(昨日は熱っぽかったけど、今日はそうでもない。風邪がひどくならなかったのは、やっぱり響生さんのおかげかな)

前日に引き続き、莉子は顔にマスクをしている。

少しの熱っぽさと頭痛、怠さがあった昨夜は、守川があれこれ気遣って看病してくれた。幸い夜中に熱が上がることはなく、朝七時に自宅まで送ってもらった莉子は、いつもどおり会社に出勤していた。

交際を始めてそろそろ一ヵ月になる彼は、本当に優しい。風邪に効くというお茶を淹《い》れたり、生姜《しょうが》をたっぷり使ったあんかけうどんとデザートを用意したり、急に泊まった莉子のためにコンビニでメイク落としまで買ってきたりと、驚くほどの献身ぶりだ。

その後はベッドで腕に抱き込んで眠ってくれ、夜中に何度も心配そうに額に触れてきていた。夢うつつにそれに気づいた莉子は、守川の優しさに申し訳なさと安堵、両方の気持ちを味わった。

（でも……）

愛されているのを実感する反面、莉子の心には昨日の彼の話が引っかかっている。

初めて守川を見かけたのは六月の初旬、少し遠回りをして帰ろうと考えた莉子は、店の前で彼が泣いているのを見かけた。昨日聞いた話によると、あの日守川が落ち込んでいた理由は、長く想い続けた相手に失恋したせいだったらしい。

「もう終わった話で、まったく未練はない」と語っていたが、それを聞いた莉子は内心ショックを受けていた。

（それほどまでに想い続けた人を、そんなに簡単に諦められるものかな。普通はかなり引きずると思うんだけど……）

莉子の目から見た彼は、とても愛情に溢《あふ》れた人間だ。そんな守川がずっと想い続けていた人物を想像し、莉子は重苦しい気持ちになる。

（馬鹿みたい。響生さんが「終わった話だ」って言うなら、こんなこと考えたって仕方がないのに）

鬱々とした気持ちで仕事をしていると、支社長と別室で打ち合わせをしていた宇野が戻ってくる。そして莉子に向かって言った。

「玉谷さん、六月に大型書店でやった〝一日茶藝教室〟だけど、すごく好評でまた開催が決まったの」

昨日、守川が話していた件だ。

そう思った莉子は、まるで初めて聞いたかのような驚きの表情を作って答えた。

「すごいですね。あの中国茶講座、定員以上の応募が殺到してましたし」

「書店の本社のほうから、たっての要望でね。急な話だけど日程は十日後、講師の守川さんのサイトやＷｅｂ、書店の店頭で開催を告知して、参加者の募集をすることになったわ。前回の反響からして、おそらくすぐに定員になると思うけど。チーム編成はさっき支社長と話し合って、他の案件に関わっている人以外、ほぼ前回と同じメンバーで決めたの。玉谷さん、アシストよろしくね」

「はい、頑張ります……！」

守川のイベントに関われることになり、莉子は笑顔になる。そして宇野から手渡されたメンバーのリストに目を通し、ふと動きを止めた。

（あ……）

――八木が、当日のサポートメンバーに入っている。

入社して一ヵ月余りの彼はまだ試用期間中であるものの、指導係の先輩社員に帯同する

「――そうだ、莉子ちゃんにひとつ報告があって」

ふいに守川がそんなことを言ってきて、莉子は眠気から引き戻される。

「えっ？」

「前に莉子ちゃんの会社がプランニングをした〝一日茶藝教室〟だけど。書籍の売り上げが好調で、例の大型書店の別店舗でも開催することになったんだ」

今度の会場は街中だと聞き、莉子は目を輝かせた。

「すごい、おめでとうございます……！」

「急な日程なんだけどね。講座の内容は前回と同じだし、新たに構成や進行を考える必要がないから、まあ大丈夫かと思って。前みたいに、莉子ちゃんが当日スタッフとして来てくれればうれしいんだけどな」

ほんの数時間前に決定したばかりの話のため、「まだオフレコだけど」と彼は付け加える。

また、守川はその直前の八月の末から数日間、中国に買い付けに行く予定で、茶葉店を臨時休業にするらしい。莉子は気持ちが高揚するのを感じた。

（前と同じ企画ってことは、担当プランナーは宇野さんのはず。わたしもアシスタントとして、響生さんのイベントに関われたらいいな）

わくわくする気持ちは、すべて顔に出ていたらしい。守川が微笑み、莉子の乱れた髪を撫でて言った。

期間が終わり、現在いろいろなイベントの手伝いに入っていた。

何気なく顔を上げると、事務所の端のほうにいた八木と目が合う。彼がふと笑みを浮かべるのが見え、莉子は慌てて視線をそらした。

あまり関わりたくないというのが本音だが、同じチームに入ったら嫌でも顔を合わせてしまう。それを想像し、ひどく憂鬱になった。

（仕事だから……仕方ない。わたしは自分に割り当てられたことを、一生懸命やらなきゃ）

その後しばらく資料作成に没頭し、やがて休憩時間になる。

今日の朝は弁当を作る時間がなかったため、昼食はコンビニで買ったおにぎりとサラダ、春雨スープだ。給湯室でスープにお湯を注いで戻ると、いつもお昼を一緒にする女子社員たちが一斉にこちらを見てきて、莉子は戸惑いをおぼえる。

「あの、何か……？」

「玉谷さん、聞いたよー。私たちに話さないなんて、結構水臭いよね」

「このあいだは『つきあってる人はいない』って否定してたのにさ。話してくれればよかったのに」

笑顔の彼女たちが何を言っているのかわからず、莉子は目まぐるしく考える。

確かに数日前の昼、宇野に「彼氏できた？」と聞かれたが、莉子は勢い余ってそれを否定してしまった。しかし実際は守川という交際相手がいて、ひょっとすると誰かに二人でいるところを目撃されてしまったのかもしれない。

（でも……）

　この会社のプランニングで講座を行う予定の彼と交際している事実は、あまりよくないのではないか。

　そう考え、莉子が答えるのを躊躇《ためら》っていると、一人の社員が言った。

「新入社員の、八木くんとつきあってるんでしょ？　同い年なんだってね」

「えっ？」

　突然思いもよらないことを言われ、莉子は言葉を失くす。すると彼女たちが、口々に話し出した。

「中学時代の同級生が職場で再会なんて、すっごい偶然だよねー。二人がそんな関係だって知らなかったから、驚いちゃった」

「しかも今までまったくそういう気配を周囲に悟られないようにしてたって、何かキュンキュンする。マンガみたいじゃない？」

「あー、ありそう！」

　目の前の盛り上がりをよそに、莉子はひどく混乱していた。

（どうして皆が、わたしと八木くんが同級生だって知ってるの？　しかもつきあってるだなんて）

　一瞬頭を掠《かす》めたのは、支社長が話したという可能性だ。しかし履歴書の内容には守秘義務があり、彼が積極的に漏らしたとは考えにくい。

（だとしたら、八木くんが話した？　何で嘘《うそ》なんか……）

先日、給湯室で彼と話したときのことが、ふいに莉子の脳裏によみがえる。八木はこちらに交際を持ちかけて拒絶された腹いせに、根も葉もない噂《うわさ》を広げたのだろうか。

心臓がドクドクと速い鼓動を刻み、莉子はぎゅっと拳を握りしめる。そして勇気を出して口を開いた。

「……つ、つきあってません」

「えっ？」

「八木くんとわたし。――そんな関係じゃないですから」

女子社員たちが顔を見合わせ、沈黙する。

次の瞬間、三人が一斉に笑い出して、莉子は呆気《あっけ》に取られた。

「あ、あの……」

「すごーい、予想どおりだね！」

「ほんと、よくわかってるわ。超お似合いって感じ」

予想外の反応に絶句する莉子に、一人が種明かしした。

「実は八木くんが言ってたんだ。『玉谷は照れ屋だから、俺との関係をたぶん否定すると思います』って。本当にそのとおりだから、つい笑っちゃったの。ごめんね」

「私たち、応援するからさ。八木くんと仲良くしなよ」

八木は、こちらが否定するのを織り込んだ上で嘘を言いふらしている。

その事実に気づいた莉子は、顔から血の気が引いていくのを感じた。

(どうしよう……「違う」って言わなきゃ。こんなひどい嘘、冗談じゃない)

「あの……っ」

莉子が説明しようとした瞬間、事務所内の電話が鳴り、一人が「あ、私出るよ」と言って受話器を取る。

彼女が電話応対をしている傍ら、他の社員が別の話題を話し出し、莉子はそれ以上何も言えずに口をつぐんだ。心臓は依然として速い鼓動を刻み、口に運んだおにぎりは砂を嚙《か》むように味気ない。

それからの時間、莉子はまんじりともしない気持ちで過ごした。八木との関係をきっぱり否定できないまま休憩時間が終わってしまい、他の社員に誤解されている状況に、焦りがこみ上げていた。

(つきあってる事実はないことを、他の人たちにはっきり否定したい。……でもその前に、八木くんに事実関係を確認しないと)

午後四時に会議室でミーティングが開かれ、担当プランナーの宇野から〝一日茶藝教室〟の説明が行われた。当日の流れや事前準備、業務の担当分けなどについて話し合い、約三十分で終了する。

会議室からスタッフたちがゾロゾロと出ていく中、莉子は彼らの間をすり抜け、廊下を歩く八木の背中に声をかけた。

「八木くん！」

八木が気づいて立ち止まり、こちらを見る。そして人当たりのいい笑顔で言った。

「何？」

「ちょっと……いいかな」

他の社員たちがチラチラと好奇の目で見てくるのがわかり、莉子の頬が羞恥で赤らむ。人気のない非常階段近くの廊下まで歩いた莉子は、やがて八木を振り返って話を切り出した。

「――どういうつもりか、説明してくれる？」

「何が」

「他の人たちに、あることないこと喋《しゃべ》ったりして。どうしてわたしと八木くんがつきあってる話になってるの？」

莉子の必死な表情を見た彼が、ふっと笑う。そしてまったく焦りを見せずに答えた。

「いいじゃん。俺、玉谷のこと気に入っちゃったんだ。皆『よかったね』って言ってくれたことだし、本当につきあっちゃえば帳尻が合うだろ」

莉子の頭に、じわりと血が上る。

一日前、八木はこちらに「つきあってる人間はいるのか」と話を振った上で、交際を持ちかけてきた。莉子はあの場できっぱりと断ったつもりだったが、彼は職場に嘘を言いふらすことで外堀を埋めようとしているらしい。

莉子は震える声をぐっと抑えて言った。

「あのときわたし――八木くんにはっきり断ったよね？　こういうことをされるのは、本当に困るの。お願いだから、嘘を言いふらすのはやめて」

「山田さんとか何人かの人にさ、聞いてみたんだ。『実は俺と玉谷は中学が同じで、再会したのをきっかけに最近つきあい始めた。でもここの職場は、そういったことをオープンにしないほうがいいのか』って。そうしたら『別に構わない』っていう答えだったから、お前と仲がいい女子社員に話したってわけ」

八木は楽しそうな表情で莉子を見つめ、言葉を続ける。

「なあ、お前は昔の件が引っかかってるかもしれないけど、俺も大人になったんだ。橋本みたいに俺らの仲をやっかんでお前を苛める人間はもういないわけだし、つきあうのに何の障害もないじゃん」

「……っ、わたしは他に、つきあっている人がいるの。だから八木くんの希望に沿うことはできない」

莉子の決死の告白を聞いた八木が噴き出し、思いがけないことを言った。

「――知ってるよ」

「えっ？」

「ここに入社して、すぐだったかな？　たまたま街中で、玉谷が男と歩いてるのを見たんだ。何かすげーいい雰囲気で、二人とも楽しそうにしてるし、そのときのお前の顔を見て思ったんだよ。『奪ってやりたいなー』って」

「……奪う、って」

八木があっけらかんと話すのを見て、莉子はしばし絶句する。

彼は笑みを浮かべ、言葉を続けた。

「俺はそういうの、全然気にしないからさ。だってそいつとすぐ別れてくれれば、まったく問題ないわけじゃん？　結婚してるわけじゃないんだから、スマホでメッセージ送れば一発で済む話だろ」

あまりの話の通じなさに、莉子は言葉を失い、青ざめる。

「つきあう気はない」と再三言っているのに、なぜ彼の中では自分と守川が別れることになっているのだろう。

（何て言えば……わかってもらえるの？　無責任に言いふらした嘘を、ちゃんと訂正してほしいのに）

そんな莉子を見つめた八木が、「それよりさ」と話を変える。

「玉谷、昔より胸大きくなったんじゃね？　あの頃に比べて格段にエロい身体になったっつーか、おとなしい顔とのギャップで、かなりそそるものがあるよな。やっぱ男ができると変わるんだ」

「……っ」

突然ぶつけられた下卑た発言に、かあっと頬が熱くなる。

やはり彼は昔と変わらず、自分をいやらしい目で見ていた。そう思うといたたまれなさが募り、莉子はたまらず踵《きびす》を返す。

「おい、玉谷？」

背後から呼びかける声が聞こえたものの、莉子は無視して足早に歩き、事務所に戻った。

席に着いて仕事をしようとするものの、嫌悪感で手がかすかに震え、乱れる気持ちを抑えられない。

（何でわたしが……あんなことを言われなくちゃならないの？　ここは職場なのに）

惨めさがこみ上げ、目に涙がにじむ。まるで服越しに身体を見透かされ、プライベートまで想像されているような気がして、おぞましさでいっぱいになっていた。

（これ以上、わたし一人で抱えるのは無理。……響生さんに相談しよう）

八木の件に関してはできるだけ彼に頼らず、自分の力で処理しようと考えていたが、もうどうしようもない。

どうにか急ぎの仕事を片づけた莉子は、午後七時過ぎに会社を出る。地下鉄に乗って最寄り駅で下り、通い慣れた道を歩くと、行く手に守川茶葉店の皓々《こうこう》とした明かりが見えてきた。

「こんばんは、……」

いつもの感覚で店のドアを開けた莉子は、カウンターに一人の女性が座っているのに気づき、口をつぐむ。

米店した客がお茶を買うために試飲しているのは、よくある光景だ。守川が接客中なら、その邪魔をするわけにはいかない。

そう考え、一般客を装って商品を見ようとしたものの、彼のほうから声をかけてきた。

「莉子ちゃん、気にしなくていいよ。彼女は客じゃないから」

「えっ？」

彼の言葉が理解できず、思わず顔を上げて問い返すと、カウンターに座っていた女性が不満げに頬を膨らませる。

「なあに、その言い方。お客さん扱いしてくれないなんてひどいじゃない」

彼女は三十歳前後で、長い髪を無造作なまとめ髪にしている。

ほっそりとした体型にクールな印象のパンツスーツがよく似合い、パッと目を引くきれいな顔立ちの女性だった。

彼女の言葉を聞いた守川が、「だってそうだろ」と答える。彼が素の口調であることに莉子が驚いた瞬間、守川が言った。

「――これ、俺の従姉なんだ」

「従姉？」

彼女がこちらを見つめ、ニッコリと笑う。そして親しげな口調で挨拶した。

「響生の従姉の、守川七海《ななみ》です。初めまして」

＊　＊　＊

——時は、十五分ほど前に遡る。

午後七時過ぎ、店内にいた客の会計を済ませて「ありがとうございます、またどうぞお越しくださいー」と送り出した守川は、再びドアが開く気配に顔を上げた。

「いらっしゃいませ、……」

「こんばんは。久しぶり、響生」

そこにいたのは、パンツスーツ姿のスラリとした女性だ。

守川は彼女に向かって声をかけた。

「久しぶり。一ヵ月ぶりくらいだっけ」

「いろいろ忙しかったの。急に響生の淹れるコーヒーが飲みたいなーって思って、仕事を切り上げて来ちゃった」

彼女の口調が気安いのは、幼少時からのつきあいだからだ。守川はあっさり答える。

「残念。カフェの営業は、午後六時で終了なんだ」

「そんなこと言わないでよ、意地悪。私、コロンビアが飲みたいな。ちゃんとお金は払うから、ね？」

笑顔でねだる彼女——七海は、守川の父方の従姉だ。

七海の父親は本家の長男で、守川の父は次男に当たる。かなりの資産家である祖父は市内の広大な敷地に邸宅を構えていて、七海たち一家は母屋で暮らし、守川たちは同じ敷地内に建つ別の家で暮らしていた。

そのため守川の弟も含めた三人は、普通の従姉弟同士より近い距離で育ってきたことになる。

守川はケトルで湯を沸かしつつ、ミルでコロンビアの豆を挽《ひ》いた。そしてドリッパーで丁寧に蒸らしながら淹れ、カップをカウンターに出す。

「どうぞ」

「ありがと。んー、いい香り」

一口飲んだ七海が、「やっぱり美味しい」と言って微笑む。

ふと彼女の左手の薬指に輝くダイヤの指輪が目に入り、守川はミルに残ったコーヒーの微粉をブラシで払いながら言った。

「例の話って、進んだの？　双方の家に挨拶とかあるんだろ」

「彼のほうが長期の海外出張があったりして、なかなか時間が取れなかったんだけど。今月の頭に、うちの実家に挨拶に行ったわ」

「へえ。伯父さんの反応、どうだった？」

「渋い顔してたわよー。けど私ももう、三十一だしね。『もらってくれるだけありがたい』って、結局彼に頭を下げてたわ」

父親の反応を思い出して笑っていた七海だったが、「でも」と言葉を続ける。

「そのあと彼の実家にご挨拶に伺ったんだけど、あちらも由緒あるお家でね。『和彦《かずひこ》は当家の唯一の跡取りです。結納を交わす前に、ぜひあなたにはブライダルチェックを受けていただきたいわ』っておっしゃって」

「ずいぶん上からな発言だな」

「まあ、きつそうなお義母さままではあったわ。確かにわたしは三十代だし、心配するのも無理はないのかも。十日くらい前に受けたから、そろそろ結果が出ると思う」

七海は明晰《めいせき》な頭脳と高い社交性を持ち、現在は語学力を生かして貿易会社に勤務している。

そんな七海が突然「結婚することになった」と守川に報告してきたのは、約三ヵ月前の六月の話だ。出会って約半年というスピード展開で、仕事を通じて会った相手とは、互いに運命的なものを感じたらしい。

(仕事が楽しくて結婚に興味がなかった七海が、たった半年で気持ちを変えるんだもんな。……やっぱり巡り合わせみたいなものがあるのかもしれない)

守川がそうして物思いに沈んでいると、彼女が「響生？」と呼びかけてくる。守川は顔を上げて七海を見た。

「何？」

「あなたはどうなのよ。相変わらず忙しくしてるの？」

「うん、まあ。今月末から四日間、中国に買い付けに行くし。それから六月にやった書店での中国茶講座を、十日後にまた開催することになった」

七海が「すごいじゃない」と称賛してくる。守川はさらりと言葉を続けた。

「――それに、彼女ができたんだ。だからプライベートのほうも、今は結構忙しいかな」

守川の言葉を聞いた七海が、驚いた顔で口をつぐむ。彼女はすぐに身を乗り出し、ワクワクした様子で食いついてきた。

「響生の口から〝彼女〟なんて言葉が出るの、一体何年ぶりかしら。いくつの子なの？」

「二十五歳。ちょっと内気だけど、優しくて可愛い子だよ」

七海に根掘り葉掘り聞かれ、守川は莉子の名前や職業など、当たり障りのない内容を話す。彼女がしみじみとした口調で言った。

「何だか意外。あなたって、穏やかな見た目に反して昔から女の子にはドライっていうか、結構態度が淡々としてたじゃない？　なのに今の彼女のことは、すっごく優しい顔で話すのね」

「………」

守川もそんな自分に気づいたとき、意外に感じた。

莉子の繊細さや可憐《かれん》な姿を見ていると強い庇護《ひご》欲が湧いて、笑顔を向けてくれるだけで心が温かくなる。際限なく甘やかしたくてたまらず、何もかもを独占したいと思う対象は、彼女が初めてだ。

（……まあ、あまり過剰にならないように自制してるけど）

七海がコーヒーのカップを持ちながら言った。

「私も会ってみたいな、莉子ちゃんに。響生がそこまで夢中になってる相手がどんな子か、すっごく気になる」

「たぶんこれから来るよ。いつも大抵、仕事帰りにここに寄るから」

それからいくらも経たずに店の入り口のドアが開き、「こんばんは」という声が響く。

入ってきたのは案の定莉子で、彼女はカウンターに七海が座っているのを見てかすかに目を瞠《みは》った。接客の邪魔をしてはいけないと考えたのか、少しぎこちない動きで店内の商品を眺め始めた莉子に、守川は声をかける。

「莉子ちゃん、気にしなくていいよ。彼女は客じゃないから」

「えっ？」

七海を自分の従姉だと説明すると、莉子が驚きの表情を浮かべる。そんな彼女に自己紹介した七海は、キラキラと目を輝かせて言った。

「莉子ちゃんて華奢《きゃしゃ》で小さくて、すっごく可愛いのね。無駄に背が高い私とは大違い。ね、響生のどこがよかったの？」

「えっ」

「私が知るかぎり、響生は人当たりはいいけれど、つきあったらすごく淡白な男なのよ。何ていうのかしら、〝釣った魚に餌はやらない〟？　それと〝来る者拒まず、去る者追わず〟みたいな」

「七海、その例えはちょっと」

守川が少し焦りながら口を挟むと、七海に圧倒されていた様子の莉子が口を開く。

「響生さんは……すごく優しいです。気遣いが細やかで、抱擁力もあって。わたしには勿《もっ》体《たい》ないくらいの人だと思っています」

それを聞いた七海が、「ふうん」という顔になる。そして守川を見て言った。

「こんなピュアな感じの子に『優しい』なんて言われたら、そりゃあ冷たくはできないわよね。そっか、莉子ちゃんが薄情なあなたを変えたってことなんだ」

「わ、わたしは全然、響生さんにしてもらうばかりなんです。何も返せないのを、いつも心苦しく思っていて」

恐縮する莉子を見て微笑み、七海が言う。

「私から見たら、響生はあなたとつきあってとても充実してるように見えるけど。それまでの淡白な恋愛観を変えるって、なかなかすごいことよ。自信を持って」

「……そう、でしょうか」

「ええ。私も今まではまったく結婚に興味がなかったんだけど、婚約者に会って変わったの。だからそういう出会いって、やっぱりあるんだと思うわ」

莉子が七海に、「ご結婚なさるんですか？」と問いかける。七海が笑顔で頷《うなず》いた。

「そうなの、三ヵ月前にプロポーズされてね。まだ結納は交わしてなくて、先方の親御さんの希望で、まずはブライダルチェックを受けて結果待ちしてるところ」

「……三ヵ月前……」

莉子が七海の左手の薬指を注視し、そして守川を見る。

（あ、……）

視線が絡み合った瞬間、守川は莉子が直感的に〝気づいた〟のだと悟った。いくつかの断片的な事柄を組み合わせ、彼女は結論に達したに違いない。

そんな二人をよそに、七海が「さてと」とつぶやく。

「お二人さんの邪魔をしては悪いし、私はもう帰るわ。響生、コーヒーの代金いくら？」

「ああ、いらないよ」

「そう、ご馳走《ちそう》さま。莉子ちゃん、また会えたらお話ししましょうね。じゃあ」

七海が手を振って出ていき、沈黙が満ちる。

時刻はあと五分で、午後八時になろうとしていた。守川がカウンター越しに手を伸ばし、使用済みのコーヒーカップとソーサーを片づけていると、莉子が「……あの」と切り出してくる。

「七海さん、すごくきれいな人ですね。まさか響生さんの従姉とは思わなかったので、びっくりしました」

「今までもちょくちょく店に来てたんだけどね。莉子ちゃんが来る時間帯とは、いつも微妙にずれていたから」

「仲がいいんですか？」

「七海とは父親同士が兄弟なんだけど、うちって祖父さんが土地持ちで、同じ敷地内の別々の家で暮らしてたんだ。広い土地の中に、二軒の家が建ってるみたいな。だから実質、姉弟みたいな感じかな。俺と七海と、俺の弟で」

莉子がそれきり黙り込み、沈黙が満ちる。カップとソーサーを洗い終え、水を止めた守川は、そんな彼女の態度に確信を深めていた。

うつむいた莉子を見つめ、苦笑いして口を開く。

「――そういう顔をするってことは、きっともうわかっちゃったんだろうな」

「……っ」

彼女がドキリとしたように肩を揺らして、こちらを見る。そしてしばしの逡巡《しゅんじゅん》の末、思い切った口調で言った。

「もし違っていたら……本当にごめんなさい。響生さんがずっと好きだった相手って、もしかして七海さんですか？」

守川は一呼吸置き、頷いて答えた。

「うん、……そうだよ」

途端に彼女が複雑な表情を浮かべて、それを目の当たりにしながら守川は一旦口をつぐむ。そして乾いた布巾を手に取り、洗ったソーサーを拭きつつ言葉を続けた。

「嘘はつきたくないから正直に答えるけど、ずっと好きだった。彼女にとって、俺はただの従弟にすぎないってわかってたのに。最後は半ば、惰性みたいなものだった」

それまで別の場所に住んでいた七海の一家が、祖父母と同居するために守川の本家に移り住んできたのは、守川が幼稚園児のときだ。

いずれ同居することは伯父夫婦が結婚した当初から決まっていたものの、若い夫婦にいきなりそれを強いるのは酷だとして、数年間猶予されていたらしい。

その二年前から本家の敷地内に建てられた別宅に住んでいた守川は、急に身近になった一家の存在に最初は戸惑いをおぼえた。しかし一歳年上の七海は面倒見のいい従姉で、打ち解けるのにそう時間はかからなかった。

「彼女は昔から利発でさ。頭の回転が速い上にまったく物怖じしない性格で、いつも自然と人の輪の中心になっていた。中学、高校は成績もトップクラスで、伯父の自慢の娘だった」

七海は華やかな容姿で、学生時代から交際相手が途切れることがなかった。

かといって軽いわけではなく、その魅力で自然と異性の目を引きつけ、別れても次の相手として立候補する者があとを絶たなかったというのが正しい。

交際相手と一緒にいる七海を見かけるたび、守川が嫉妬に似た気持ちを抱くようになったのは、高校二年のときだ。守川が知る同年代の女子の中で、彼女は誰よりも美しく溌剌《はつらつ》としていて、気づけば従姉ではなく異性として見る比重のほうが大きくなっていた。

「でも気持ちを伝える気は、まったくなかった。七海にとって俺は弟同然の認識だってわかっていたし、うちの家族も従姉弟同士でつきあうのは、きっと許さないだろうから。彼女を吹っ切るために何人かの女の子とつきあったけど、結局相手にのめり込むことはできなくて、本当の意味での恋愛ではなかったと思う。……俺の淡白な対応が相手を傷つけたって、今はすごく反省してる」

祖父の意向により、孫たちには大学進学時にまとまった金額が生前贈与されることになっていて、七海はそれを使って海外に留学して高い語学力を身に着けた。

そして守川も茶葉の勉強をするためにさまざまな国を渡り歩き、物理的な距離ができた数年間のうちに気持ちはだいぶ沈静化したように思われた。

「まあそれでも、たまに会えばやっぱり好きだなとは思ってたけど。最後は惰性だったたっていうのは、そういう意味だよ。いつまでもきっぱり思いきれないまま、この歳までズルズルときてた」

守川が三年前に茶葉店をオープンしてからは七海がときおりお茶を飲みに立ち寄るようになり、付かず離れずの距離で彼女とのつきあいは続いた。

しかし三ヵ月前の六月、店にやって来た七海が突然、思いもよらぬことを言った。

「いきなり『結婚することになった』って——相手は出会って半年の同い年の男だって聞いて、心底驚いた。七海は常々結婚願望がないことを口にしていたし、まさかそんな浅いつきあいで決断するなんて思わなくて。彼女が帰ったあと、ふと雨模様の夕暮れ時の空がきれいなことに気づいて、外で見上げているうちに……虚しくなった。俺の今までの時間は、一体何だったんだろうって」

あのときの気持ちについて、守川は考える。

とうに諦めたつもりでいたのに、自分は心の奥底でまだ七海のことが好きだったらしい。結婚願望がない彼女なら、完全に誰かのものになることはない。たとえ交際相手ができても、一時の気まぐれだ――自分のつけた〝折り合い〟とは、もしかするとそんなものだったのかもしれない。

長年の不毛な片想いの結末がこれかと思った瞬間、何とも言えない感情がこみ上げて、気がつけば涙が零れていた。

だが関係を変えることに躊躇い、想いを伝えないという選択をしたのは、他でもない自分自身だ。

むしろ明確に終わるきっかけをつかめたことで心がすっきりし、解放された安堵があの涙になったのではないかと今は考えている。

ふと見ると、莉子が目を伏せて黙り込んでいた。守川は急いで言葉を付け足した。

「このあいだも言ったけど、七海のことはもうすっかり気持ちの整理がついてるんだ。今は彼女の結婚を心から祝福してるし、俺が莉子ちゃんと出会ったのは、吹っ切れたあとのことだから。それに昔は相手を寂しくさせるようなつきあい方をしてたけど、君との関係ではそんな気持ちはまったくない」

「……そう、ですか」

守川の言葉を噛みしめるように、莉子がしばらく沈黙する。

やがて彼女は顔を上げ、ぎこちない笑顔を作って言った。

「お話は、よくわかりました。響生さんの気持ちを疑うつもりはないですし、さっき七海さんと話している様子を見たら、心配するようなことは何もないんだって納得できます」

莉子の答えを聞き、守川はホッと胸を撫《な》で下ろす。しかし次の瞬間、彼女が「……でも」と付け足した。

「やっぱり今日は、帰ります。家に荷物が届く予定だったの、今思い出したので」

ぎこちない言い回しに、守川は直感的に「嘘だ」と思う。

（正直に話したのは、失敗だったか？　嘘をつきたくなくて全部話したけど、彼女にしてみれば俺に不信感を抱いて当たり前かもしれない）

そう考えた守川は、彼女を引き止めにかかる。

「莉子ちゃん、あのさ……」

「じゃあ、おやすみなさい」

立ち上がった莉子が、守川の目を見ないまま店を出ていく。

閉まっていくドアを見つめながら、守川は彼女の後を追えずに立ち尽くした。本当は七海を好きだったという事実は、わざわざ莉子に告げる必要はなかったのかもしれない。

だが彼女が気づいたのは顔を見れば明らかで、隠すのは今後のためによくないと考えた守川は、誰にも話したことのない想いを正直に口にした。

確かに長年七海を想っていたのは事実だが、莉子に出会ってからの守川は彼女しか見えていなかった。「莉子のおかげで、好きな人と気持ちが通じ合う幸せを実感することができた」と伝えたかったのに、彼女はどこか頑なな様子で帰ってしまった。

おそらくは誤解させてしまったのだと思うが、今は言葉を重ねるほど、その場しのぎの言い訳だと取られてしまう気がする。

（これまでつきあっていた相手と莉子ちゃんは、全然違う。……でもそう説明しても、俺の不実さが際立つだけなのかな）

莉子は明日、この店に来てくれるだろうか。それともこちらから連絡を取り、再度釈明する段取りをつけるべきだろうか。

どちらを選ぶべきかわからず、店内に流れるジャズの音色を聞きながら、守川は目を伏せて重いため息をついた。

第十章

本州に台風が来ているのが影響し、昨日から雨が降り続いていて、朝から湿度が高くムシムシとしている。

火曜の午後、自宅のリビングで窓を叩《たた》く雨粒を眺めていた莉子は、憂鬱な思いを噛みしめた。

（昨日、響生さんのお店に……行かなかった）

今日は仕事が休みだが、雨のために外出もせずに自宅に引きこもっている。

ここ最近の休日はランチがてら茶葉店に顔を出したり、夜に守川が仕事が終わるタイミングで会うのが常だったが、今はまったくそんな気分にはなれない。

昨日の夜、いつもは寄る茶葉店にあえて行かずに帰宅したのは、一昨日のでき事が原因だ。莉子は守川が長年想い続けてきた相手が、彼の従姉の七海だという事実を知ってしまった。

（わたしが直接聞いたから、響生さんは正直に話してくれたんだってわかってる。……過去の恋愛のことなんか、話したくなかったに違いないのに）

彼と七海は、幼少時から姉弟のように育った間柄らしい。

守川は七海を異性として見ていたが、彼女のほうはそうではなかった。だからこそ気持ちを伝えず、密かに想い続けていたというのが現状だという。

彼は包み隠さず、すべてを話してくれた。初めて見かけた雨の日、七海から婚約した話を聞かされ、ショックを受けたこと。彼女を思いきるために数人の女性とつきあったものの、淡白な対応しかできなかったこと。

そして莉子と出会ったのは七海を完全に諦めたあとで、今はまったく未練がないこと。

（でも……）

守川の前では納得したふりをしたものの、莉子は今もモヤモヤとしている。

話を聞いた瞬間、莉子の頭の中には、守川は七海を諦めるために、自分を利用したのかもしれないという考えがよぎっていた。そうではないと否定されたあとも惨めな気持ちが拭えなかったのは、彼が長年想い続けた七海と直接言葉を交わしてしまったからだ。

彼女は溌剌《はつらつ》として美しく、自信に溢《あふ》れていて、莉子とは真逆のタイプだった。結婚を控えている七海は本当に幸せそうで、そんな彼女を思い出すたび、莉子は考えなくていいことを考えてしまう。

（響生さんは……本当に七海さんを、諦められたの？）

彼は高校二年生の頃から彼女のことが好きで、実に十三年ものあいだ想い続けていたことになる。

それほど大きな存在より莉子のほうが上など、はたしてありえるのだろうか。守川が七海を忘れるためにつきあってきた女性たちと自分が〝違う〟と言いきる自信は、莉子にはなかった。

（わたし、自己評価が低いからこんなふうにしか考えることができないのかな。情けなくて、嫌になる）

昨日は落ち込んだ気持ちを拭えず、守川に会っても自然な態度が取れないと考えた莉子は、彼の店に寄らなかった。

〝今日は残業で帰りが遅いので、お店には寄れません〟

そんな嘘《うそ》のメッセージを送ると、守川なりに思うところがあったのか、「無理はしないように　おやすみ」とだけ返してきて、一昨日の件には触れずじまいになっていた。

（でも、考えたって仕方がないことだよね。響生さんは七海さんに未練はないとはっきり言っていて、わたしとつきあう前の話なんだから浮気してたわけでもない。……わたしが勝手に七海さんと自分を比べて、卑屈になってるだけなんだもの）

莉子の心には、守川を好きだという思いが強くある。

彼の穏やかな物腰も優しい声も、大人の余裕も博識な部分も、全部が好きだった。守川と出会ってからの莉子は引っ込み思案な性格を変えたいと思い、少しずつ意識改革をして、最近はわずかながらも変わってきているという自覚がある。

そんな一歩踏み出すきっかけを与えてくれた彼を諦めることは、簡単にできそうにない。

（だったらもう、悩むのはやめよう。変な態度を取ったのを、ちゃんと響生さんに謝らなくちゃ）

守川が七海の件を「終わったことだ」と言うのなら、二度と話を蒸し返したりしない。彼が自分に向けてくれる優しさを信じよう――そう結論づけ、莉子は小さく息をつく。

本当は一昨日、莉子は守川に相談したいことがあった。八木によって「自分たちはつきあっている」と職場に嘘の話を言いふらされてから数日、莉子はまだそれを否定するきっかけをつかめていない。

八木に直接抗議しにいったところ、彼は反省しないどころか、「実際につきあってしまえばいい」などと嘯《うそぶ》いてきて、莉子は手をこまねいていた。

（やっぱり会社の上の人に、話をするべきかな。……八木くんに強く言えればいいけど、怖くてわたしはできそうにないし）

雨は夕方には小降りになり、莉子は午後八時に茶葉店に着くタイミングで自宅を出ようとしていた。

しかし折悪しく母親から電話がかかってきてしまい、家を出たときには既に八時になってしまっている。

〈響生さんに、「これから行きます」っていうメッセージを送っておこう。お店が閉まってても、二階の自宅にいるとは思うけど〉

守川は明日から四日間の日程で、中国に行くという。

その前に話がしたいと考えた莉子は、彼にメッセージを送り、あちこちに水溜《みずた》まりが残る道を歩いて茶葉店に向かった。

（あ、やっぱりもう閉まってる……）

午後八時十分、店舗の明かりは既に消え、入り口のドアに〝ｃｌｏｓｅｄ〟の札が下がっていた。

見上げた二階の住居部分にも電気が点いていないが、もしかして守川は不在なのだろうか。スマートフォンを取り出してみると、先ほど送ったメッセージは未読のままだ。彼と会えないことをまったく想定していなかった莉子は、にわかに不安をおぼえた。

（とりあえず、自宅のインターフォンを鳴らしてみよう。電話でもいいから、今日中に話ができるといいんだけど）

建物の左側に回り、階段を上がる。

途中で男女の話し声のようなものが聞こえたように感じ、莉子は不思議に思いつつ足を進めた。

そしてあと数段で上りきるというところで、こちらに背を向けて立つ女性と、その向こうの守川の姿が目に入り、驚いて立ち止まる。

（響生さんと――七海さん？）

スラリとした細身の後ろ姿は、数日前に茶葉店で会った守川七海に間違いない。

二人は住居の玄関ドアの前で、話し込んでいた。七海のほうはうつむいて泣いているように見え、守川がなだめている形だ。

「七海、落ち着いて。まだはっきり決まったわけじゃないいんだろ？　だったら……」

「何もないのに、医者があんなこと言うわけないじゃない。和彦さんとの結婚も、きっと駄目になるわ。『子どもを産めない女性とは結婚させられない』って、向こうのお義母さまが言うに決まってるもの」

図らずも二人の会話が耳に入ってきた莉子は、静かに混乱する。

七海はひどく取り乱していて、守川がそれを落ち着かせようとしている。聞こえてきた内容からすると、話題は彼女のブライダルチェックの結果だろうか。

（七海さんのプライバシーに関わることを、部外者のわたしが聞くわけにはいかない。今すぐこの場から離れないと……）

そう考え、莉子が踵《きびす》を返しかけたとき、守川の声が響いた。

「津田《つだ》さんには、もう話はした？　彼もきっと結果を気にしてるだろ」

「まだよ。こんな話、和彦さんに言えるわけない」

七海が鼻を啜《すす》り、震える声で言った。

「話せばきっと……結婚は破談になるわ。そうしたら響生、私の傍にいてくれる？」

「えっ……？」

「だって響生、昔から私のことが好きだったでしょう？」

七海の言葉を聞いた莉子は、ドキリとして立ち止まる。

守川の話によれば、彼は昔から彼女に好意を抱いていたものの、「七海は何も気づいていない」と語っていた。だが今の彼女の口ぶりでは、まるで守川の気持ちをとうに知っていたかのようだ。

七海が涙交じりの声で、切々と訴えた。

「一人じゃ不安なの。お願い響生、少しでも私を好きな気持ちがあるなら――どうか傍にいて」

＊　＊　＊

明日から中国出張を控えている今日、空は分厚い鈍色の雲で覆い尽くされ、朝から強い雨が降っていた。

本州に来ている台風のせいで、上空に低気圧が停滞しているらしい。こんな天気の日は、茶葉店もカフェも客足が落ちる。ランチが完売するかどうかを考えながら朝の仕込みをしていた守川は、ひどく憂鬱だった。

（莉子ちゃんは……今日も来ないのかな）

気鬱の原因は、恋人の莉子のことだ。

一昨日の日曜、彼女は守川がずっと想い続けていた相手が七海だと気づいてしまった。

質問され、嘘をつきたくなかった守川は、自分が過去に七海に恋をしていた事実を正直に話した。

しかしそれは莉子に不信感を抱かせてしまったらしく、あれ以来彼女はこちらを避けるような行動を取っている。

（迂闊《うかつ》に過去の話をしてしまったせいで、疑われてるのかな。……俺が七海を忘れるために、莉子ちゃんを利用したんだって）

そんな事実は、断じてない。

七海の婚約をきっかけに、守川は長年に亘る不毛な片想いに区切りをつけることができた。その直後に莉子と出会い、彼女の優しさや純粋さに惹《ひ》かれて、いつしか心から大切にしたいと思う存在になっていた。

守川にとって七海の件はとっくに終わった話だが、そういった部分が上手く伝わっておらず、莉子は「自分は七海を忘れるための、都合のいい存在だったのだ」と考えてしまったのかもしれない。

（そんなことない。……俺が今大切にしたいのは、莉子ちゃんだけなのに）

話を切り上げて帰ってしまった彼女は、次の日の夜「残業で帰りが遅くなるため、会えない」とメッセージを送ってきた。

しつこく弁解しようとすれば、かえって莉子は頑なになるかもしれない——そう考えた守川は、彼女に無理やり「会おう」とは言えず、当たり障りのない返答をするしかなかった。

（でも、今日こそはちゃんと話をしないと。明日から俺は中国に行くし）

守川は年に二回ほど、茶葉の買い付けのために中国に行く。

知人の挨拶回りを済ませたあと、懇意にしている茶農家を訪れたり、市場を巡りながら、相当な量の茶葉を買い付ける。短い日数に予定を詰め込んだ、かなりハードなスケジュールだ。

旅立つ前に莉子と話をするつもりだが、昨日の「残業だ」という話が正しかったなら、今日も彼女の帰りは遅いのかもしれない。そう予想していたところ、案の定莉子は店の営業時間内に訪れず、守川はため息をついた。

（残業なのか、避けられてるのか。……どちらにせよ、話はしないとな）

閉店作業をした守川は店の鍵を閉め、建物の外階段を上がる。とりあえず自宅に戻り、午後八時三十分くらいを目途に莉子に連絡するつもりでいた。

玄関前まで来たところでポケットの中のスマートフォンが震え、守川は取り出してディスプレイを見る。莉子からメッセージが来たのに気づき、確認しようとしたところで、ふいに背後から声が響いた。

「――響生」

驚いて階段のほうを見ると、そこにいるのは七海だ。守川はスマートフォンの画面を一旦閉じ、彼女に問いかけた。

「びっくりした。いきなり来るなんて、何か急な用事でもあった？」

「響生……私、どうしたら」

七海がポロポロと涙を零し始め、守川は息をのむ。

彼女は昔から快活な性格で、滅多に泣いたりしない。自分に自信があり、何事も要領よくこなすため、落ち込むこと自体がまずないのだ。

守川は彼女に歩み寄り、問い質した。

「七海、何があったの？　ちゃんと説明してくれないとわからないよ」

彼女は必死に涙をこらえ、気持ちを落ち着かせようとしている。

やがて七海が、小さな声で話し出した。

「私が二週間くらい前に、ブライダルチェックを受けたって……このあいだ会ったとき、あなたに話したでしょう？」

「うん」

「その結果を聞きに来るようにって、クリニックから連絡があったの。だから今日の夕方に行ってきたんだけど」

これまで健康で病気らしい病気に罹《かか》ったことがなかった七海は、結婚をいい機会だと考え、すべてのオプションを付けて検査してもらったらしい。

「きっと何もないって、高を括ってたわ。身体の不調は一切なかったし。でも、今日会った担当医師が言ったの。『病疾患科系の検査で、引っかかった項目がある』って」

「それって……」

守川の問いかけに七海が顔を歪《ゆが》め、深呼吸をする。彼女は絞り出すように言った。

「子宮に——癌《がん》の疑いがあるって」

思いがけない報告に、守川は言葉を失った。しかしすぐに気を取り直し、「医師にはどのような説明をされたのか」と問い質すと、七海はポツポツと話し出した。

病状ははっきり癌といえる状態ではなく、これから癌に移行する確率が高い細胞が検出された、いわゆる〝異形成〟という状態らしい。

それを聞いた守川はわずかに安堵《あんど》し、なだめる口調で言った。

「七海、落ち着いて。まだはっきり決まったわけじゃないんだろ？　だったら……」

「何もないのに、医者があんなこと言うわけないじゃない。和彦さんとの結婚も、きっと駄目になるわ。『子どもを産めない女性とは結婚させられない』って、向こうのお義母さまが言うに決まってるもの」

七海の交際相手は由緒ある家の出身で、彼は一人息子だという。

確かに「結婚前に検査を」と言い出すような家が相手ならば、今回の件で破談になってしまってもおかしくない。

（でも……向こうの両親に報告する前に、婚約者にちゃんと相談しないと）

その結果どうなるかはわからないが、一人で抱え込むべきではないはずだ。守川がそう告げた瞬間、七海が意外なことを言った。

「話せばきっと……結婚は破談になるわ。そうしたら響生、私の傍にいてくれる？」

「だって響生、昔から私のことが好きだったでしょう？」

守川は驚き、言葉を失くす。

自分の気持ちは、七海にまったく気づかれていないと思っていた。彼女の婚約をきっかけにようやく区切りをつけ、莉子との恋愛に完全に切り替えたはずだった。

そんな守川を見つめ、七海が涙交じりの声で切々と訴える。

「一人じゃ不安なの。お願い響生、少しでも私を好きな気持ちがあるなら——どうか傍にいて」

「——」

そのとき守川の胸に渦巻いたのは、複雑な感情だった。

確かに自分が長年七海を想い続けたのは事実で、今も嫌いになったわけではない。だが守川の中にあるのは恋情ではなく、純粋な〝従弟〟としての感情だ。

彼女は突然自分の身に降りかかった病気の疑いに動揺し、縋《すが》るものを求めてここに来たのだろう。しかし七海が本来話をするべきなのは、将来を誓い合った婚約者である津田のはずだ。

そう思い、守川は口を開こうとする。

「七海、俺は——」

言いかけた守川は七海の向こうに人がいるのに気づき、目を瞠《みは》った。

階段を三段ほど下がった位置からこちらを見ているのは、莉子だ。守川と目が合った瞬間、彼女は顔を歪めて踵を返す。

守川は咄嗟《とっさ》に莉子を呼び止めた。

「待って！」

急に大声を出した守川に驚いた様子の七海が、振り返って莉子の後ろ姿を確認する。

彼女は自分の横を通り過ぎて莉子を追おうとした守川の腕に、ふいに強くしがみついてきた。

「行かないで！」

「……っ」

「お願い、一人にしないで。こんなときぐらい、私を優先してくれてもいいじゃない！」

腕に七海の爪が食い込み、彼女の悲痛な表情を見た守川は、ぐっと奥歯を噛む。

おそらく莉子は、この状況を見て何か誤解をしている。そんな彼女を追いかけたい気持ちは山々だったが、これほどまでに取り乱した七海を一人にするわけにもいかない。

（どうする……冷静に考えろ）

目まぐるしく頭を働かせ、守川は気持ちをぐっと抑える。そしてやんわりと彼女の手を解きつつ、極力穏やかな口調で言った。

「わかった。今は七海のほうを優先する。……だから少し落ち着こう」

＊＊＊

度は止んだと思った雨が、ここにきてまたポツポツと降り出してきている。傘も差さず、足早に夜道を歩きながら、莉子はぎゅっと顔を歪めていた。図らずも守川と七海の会話を聞いてしまい、どうしようもなく気持ちが乱れていた。

七海は結納に先立ってブライダルチェックを受けたものの、結果が思わしくなく、結婚が破談になりそうだという。泣きながら守川に話していた彼女は、実は彼が昔から自分を好きだったことを知っていたらしい。

その上で、「少しでも私を好きな気持ちがあるなら、傍にいて」と言っていて、それを聞いた莉子の中にはどうしようもない敗北感がこみ上げていた。

（ずっと想い続けた人に、あんなふうに言われたら……突き放せるはずがない。ましてや七海さんには病気の疑いがあって、そんな状態の人間を放っておける人はそうそういないもの）

守川は会話の途中、アパートの階段に莉子がいることに気づいた様子だった。

踵を返した瞬間、彼の「待って！」という声が聞こえたものの、結局守川は追ってきていない。

彼は七海に引き止められて、二の足を踏んだのだろうか。よくよく考えてみれば、それは仕方のない話だ。傍目にも彼女はひどく取り乱していて、普通の精神状態ではなかった。明らかに一人にするのは危険で、だからこそ守川は自分を追ってこれなかったのだと容易に想像ができる。

（でも……）

まるで天秤《てんびん》にかけられた挙げ句、彼が彼女を選んだという構図のように思え、莉子は惨めな気持ちを押し殺す。

理性でわかっていても、じくじくと痛みを訴える心は抑えようがない。七海は従弟である彼の気持ちに気づいていながら、ずっとそれを無視していた。それなのに先ほどの彼女は守川の情を利用するように縋りついていて、そんな状況に莉子は理不尽さを噛みしめる。

（こんなふうに考えるの……すごく嫌だ。今は七海さんの身体を心配するべきなのに）

徐々に歩調を緩め、立ち止まった莉子は、後ろを振り返る。

街灯がぼんやりと照らすアスファルトの道は、人気がなく静まり返っていた。雨が水溜まりにポツポツと波紋を広げていて、湿度の高いひんやりとした夜気を肌に感じる。

守川は、やはり自分を追ってきていない。それを確認した莉子は、顔を歪めた。

（わたし……）

彼と話がしたいと思い、会いに来たはずだった。

守川が七海を好きだった事実は過去のこととして割りきり、これからの二人の関係を大事にしていきたいと考えていた。

なのに今は心が千々に乱れ、どうしようもなく惨めな気持ちが渦巻いている。

前を向いた莉子はうつむき、雨に濡《ぬ》れたまま歩き出す。そしてときおり横を通りすぎる車のテールランプに照らされながら、自宅までの道を無言で歩いた。

第十一章

数日続いた雨のあと、日中の空気から蒸し暑さがすっかり消え去り、高く澄んだ空に仄《ほの》かな秋の気配を感じる。

それはカレンダーが九月になったせいかと考えながら、会社にいた莉子は立ち止まり、窓の外を眺めた。しばらく往来の様子を見つめてから書架に向かい、頼まれた資料集めを始める。

（響生さん、今日中国から帰国するはずだけど……一体何時の飛行機なんだろう）

守川が中国に旅立って、今日で四日になる。

明日は帰国早々に彼が講師を務める〝一日茶藝教室〟が開催されるため、かなりのハードスケジュールだ。守川が旅立つ前日の火曜、莉子は彼と七海の会話を聞いてしまったが、あれから四日間守川とは一度も連絡を取っていない。

（響生さん、居留守を使ったわたしを怒ってるかな。……怒ってるだろうな）

――あの日、いたたまれず逃げ出した莉子を、守川はすぐには追ってこなかった。

失意のまま帰宅し、電気も点けずにベッドに転がっていたところ、一時間ほどして自宅のインターフォンが鳴った。

モニターで確認するとそこにいたのは守川だったが、莉子は応えることができなかった。彼はおそらく、七海の件を説明しにわざわざ家まで来たに違いない。莉子がスマートフォンの電源をあえて切っていたため、連絡がつかないことに心配になったのだろう。

（でも……）

あのときの莉子は、守川に直接会って彼の弁解を聞く気にはどうしてもなれなかった。守川が取り乱した七海を放っておけない事情は充分に理解できるものの、あの場で自分を追いかけてきてくれなかった事実が、莉子の心に重くのし掛かっていた。

（わたし、子どもっぽいな。……せっかく来てくれた響生さんを、居留守を使って追い返すなんて）

インターフォンは結局二回鳴らされたが、莉子は応答せず、守川はそのまま帰ったらしい。

翌日スマートフォンの電源を入れてみると、彼からは三回の着信と二件のメッセージがあった。「会って話したい　自宅にいる？」というものと、「俺が帰国する四日後に、ちゃんと話そう」というもので、それを見た莉子はズキリと胸が痛むのを感じた。

（響生さんは、七海さんと……どういう話になったんだろう。やっぱりあの人の精神的な支えになるつもりなの？）

七海は「婚約者の親にブライダルチェックの結果が知られれば、結婚が破談になるのは免れない」と語り、泣いていた。

そんな彼女に「傍にいてほしい」と懇願された守川が、冷たい態度を取れるはずがない。

（それに……）

高校生のときから七海を想っていたという守川にとって、今回の件はまさに千載一遇のチャンスだ。

一度は諦めた相手が、自分を必要としてくれている――そんな今の状況は、彼の長年の想いが報われる機会を得たといっても過言ではない。

（だったらわたしの出る幕なんて、もうないかも。だって響生さんは、七海さんの傍にいてあげたいに決まってるもの）

守川と七海にとって、莉子は邪魔者だ。

七海は支えてくれる相手として守川を望み、守川はきっとそんな彼女を見捨てられない。ならば導き出される結論は、たったひとつだ。

（響生さんと……別れる。わたしが潔く身を引くしかない……）

ここまで考えるのに、莉子は数日を要した。

本音を言えば今も守川が好きで、七海には譲りたくない気持ちが強くある。彼は莉子にとって初めての交際相手であり、これまで本当に大切にしてくれた。彼とつきあうことでさまざまな経験をし、確実に人間としての幅が広がった。

（そんな響生さんに、精一杯の恩返しをしたい。……「七海さんの傍にいてあげて」って

言うことであの人が楽になるなら、わたしからちゃんと言わないと）

実際に彼に別れを告げることを想像すると、胸が痛む。

しかしすぐに好きな気持ちをなくすのは難しいものの、守川の想いが成就するのを祝福してあげたい。自分がその後押しをしたい――そう莉子は、気持ちを固めた。

そのときふいに笑い声が耳に飛び込んできて、何気なく顔を上げる。事務所の奥で男性社員たちと談笑していた八木が、こちらを見ながら何か話しているようだった。

「……っ」

莉子はファイルを胸に強く抱え込み、足早に自分の席に戻る。

八木が何を話していたのかは、わからない。目線からすると、またこちらに関してあることないことを他人に吹き込んでいたのだろうか。

（そっか。もう響生さんを頼ることはできないんだから、八木くんの件も自分で対処しなきゃならないんだ）

寄る辺のない不安で、莉子の胃がきゅうっと絞めつけられる。

八木がどんな嘘《うそ》を言おうと、彼とつきあっている事実はないのだから、根気強く否定していくしかない。もしまたセクハラめいた発言をされた場合は、そのときこそ上の人間に相談するべきだ。

（響生さん、今日は何時に帰ってくるんだろう。きっと疲れてるだろうから、明日の中国茶講座のあとに時間を作ってもらったほうがいいのかな）

彼は「話がしたい」と言っていたため、帰国次第こちらに連絡がくるのだろうか。

そう思っていたが、仕事が終わる頃になっても連絡はなく、莉子はソワソワと落ち着かない気持ちを味わった。もしかして居留守を使ったことで、自分は守川を怒らせてしまったのか。そんなふうに考えていると、夜の十時近くにようやくメッセージがきて、急きながら確認する。

『成田経由で帰ってきたから、到着が遅くなった。今日はもうこんな時間だし、明日の夜にゆっくり会おう。おやすみ』

そんな文言を見た莉子は、何だか拍子抜けしてしまった。

話をするのが先延ばしになり、心には安堵《あんど》と憂鬱、両方の気持ちがある。しかし今日別れ話をした場合、明日の中国茶講座で顔を合わせれば互いに気まずくなるため、話し合いが明日になったのはかえってよかったのかもしれない。

（明日で……響生さんに会うのは終わり。あまり罪悪感を抱かれないように、さらっと話ができたらいいな）

彼と交際を始めて一ヵ月余り、期間は短かったが、とても幸せだった。まだ胸の内に燻っている恋しさや慕わしさは、時間の経過と共に薄れていくのを待つしかないだろう。

ベッドに横たわり、リネンに顔を埋めた途端、じわりと涙が浮かんだ。明日のことを思うとやるせなさが募り、莉子は枕に頬を押し当ててきつく目を閉じた。

＊＊＊

守川が日本を離れていたあいだの大半は雨だったらしいが、今日は朝から晴れ、すっきりと爽快な空気になっている。

店の前に出す黒板には、普段はお勧めの茶葉の銘柄や新入荷の雑貨の情報、ランチと日替わりスイーツが書き込まれるのが常だ。しかし昨夜遅くに中国から戻ったばかりで、しかも今日の午後に開催される〝一日茶藝教室〟のスイーツの仕込みをしなくてはならない守川には、そんな余裕がない。

〝本日のランチと日替わりスイーツはお休みです〟と書いて表に出したところで、往来から「店長ー」という声が響いた。

「おはようございます。何だかすっごく久しぶりな感じがしますね～」

「おはよう」

守川が店の中に入ると、あとから大西もついてくる。彼は荷解きをした中身を見ながら質問してきた。

「結構いろんな種類を買ってきたんですね。向こうはどうでした？」

「上海行きは飛行機が珍しく遅延しなかったから、ちょっと楽だった。降りてから杭州経由南京行きの新幹線に乗ったんだけど、相変わらず待ち合いスペースが死ぬほど混んでて、うんざりだったたな」

飛行機が遅れて当たり前、"二時間以内のズレは、遅延ではなく誤差"と言われる向こうでは、そういったルーズさも織り込んで予定を立てなくてはならない。

「で、仕入れのほうは？」

「岩茶《がんちゃ》はあまり良くなかった。欲しいと思う茶葉は売り物にならないくらいに高いし、逆に商売になりそうな値段のものは納得のいくクォリティではなくて。まあ、それでも『これは』っていうのを、いくつか仕入れてきたけど」

岩茶とは福建省武夷山《ぶいさん》の茶葉で、分類上は半発酵、つまり青茶だ。

武夷山は世界遺産に登録されている岩山で、そこで育ったさまざまな品種の茶葉を総称して〝岩茶〟と呼んでいる。

試飲用にほんの少しだけ仕入れてきたものもあり、大西はそれらを手に取って興味深そうに眺めていた。守川は彼に向かって言った。

「大西くん、暇な時間にどんどん試飲していくから、覚悟しておいてね」

「えぇー……はい。でも店長、今日って〝一日茶藝教室〟ですよね。何時からでしたっけ？」

「午後一時。準備と最終打ち合わせのために十一時にはここを出るから、俺がいないあいだ、店番を頼むよ」

「カフェはランチと日替わりスイーツなしですよね？　了解です」

今日の講座に出すスイーツは、かぼちゃプリンとキャラメルアーモンドのチュイル、ドライフルーツは山査子《さんざし》と棗《なつめ》だ。

厨房《ちゅうぼう》に入り、オーブンの中の様子を確かめながら、守川は物思いに沈む。

(昨夜メッセージを送ったとき、「わかりました」とだけ返事がきたけど……やっぱり彼女は、誤解したままなのかな)

莉子と最後に会ってからもう五日経っている。

あのときの彼女は守川が従姉の七海と話している場に偶然居合わせ、ショックを受けた顔で帰ってしまった。

(莉子ちゃんは、かつて俺が七海を好きだったことを知ってる。……きっと俺が彼女のほうに行くと考えて、悲観的になってるんだ)

七海を落ち着かせたあとで守川は莉子に電話したものの、彼女はスマートフォンの電源を切っていた。

自宅を訪問してもインターフォンに応答はなく、翌日から中国へ渡航した守川は、今日に至るまで莉子と言葉を交わせていない。

(昨夜は結局、自宅に戻ったのが夜十一時を過ぎてたからな。電話やメールで話すべきじゃないと思ったから、会うのは今日にしてもらったけど……彼女はこの数日、何を考えていたんだろう)

引っ込み思案でおとなしい性格の莉子は、当初守川との恋愛にひどく及び腰だった。

しかし少しずつ打ち解けてくれ、最近は自然な笑顔を浮かべたり、ふとしたときに甘えるしぐさを見せるようになって、守川の中で彼女に対するいとおしさは増すばかりだった。

最初に茶葉店で七海と言葉を交わした際、莉子は美しく溌剌《はつらつ》とした彼女にどこか気後れした様子を見せていた。火曜日の夜、守川と七海の会話を聞いた彼女は、もしかすると「自分が身を引くべきでは」と考えているのかもしれない。

しかし守川は、莉子と別れるつもりは毛頭なかった。

（七海は俺の中で、もう過去の話だ。……今は莉子ちゃんしか見てないんだって、どうしたら信じてもらえるんだろう）

もし会話の断片だけを聞いて誤解したのなら、最初から丁寧に説明するつもりだ。

イベントプランナーのアシスタントを務める莉子は、今日の中国茶講座の会場に来ると聞いている。数日ぶりに会う彼女がどんな顔をしているかを想像し、守川は少し落ち着かない気持ちになった。

それから講座で使う茶器や道具の数を確認し、すべてを荷台に積み込んだ守川は、大西に留守を頼んでワゴン車で会場に向かう。二十分ほどで着くと、すぐにプランナーの宇野と書店の店長が挨拶に現れた。

「守川さん、お疲れさまです。本日はよろしくお願いします」

「こちらこそ、よろしくお願いいたします」

資材の搬入は〝株式会社AND〟のスタッフがすると告げられ、ありがたくお願いして車の鍵を預ける。

持ち込んだスイーツは、書店内にあるカフェの大型冷蔵庫に保管してもらう予定だ。

バックヤードを案内されながら、守川は何気なく周囲を見回して莉子の姿を探していた。

（……いないな）

「守川さん、これから控室のほうで、本日の流れの最終確認をしていただいてよろしいでしょうか」

「あ、はい」

控室に通された守川は、資料を見ながら流れを確認し、宇野と少し雑談をする。茶器類は割れないように梱包《こんぽう》して持ってきているが、使う前にひとつひとつチェックしなければならない。

守川がそう申し出ると、宇野が「では私も同席して確認いたしますね」と言って、一緒に控室を出ようとした。しかし突然電話が入り、スマートフォンを一瞥《いちべつ》した彼女が守川に謝ってくる。

「すみません、すぐ済みますので、お待ちいただいてもよろしいですか？」

「では、先に行っていてもいいでしょうか」

「はい。茶器類は、二つ隣の会議室に置いてあります。誰かスタッフがいるはずですから、お気軽にお声がけください」

宇野が電話に出て話し始め、守川は廊下に出る。

二つ隣にある会議室に向かって歩き始めると、開け放したドアから何やら争う声が聞こえた。

「……っ、何でもありませんから」

「何でもないようには見えないから、わざわざ声かけてやってんだろ。そういう言い方はねえんじゃやねーの」

「はっきり言います。こうやって営業外で話しかけられたり、根も葉もない噂《うわさ》を立てられるの、すごく迷惑なんです。もうやめてください」

争っているのは男女で、その片方の声には聞き覚えがある。

歩く速度を速めた守川が開けっ放しの戸口から会議室の中を覗《のぞ》き込むと、梱包を解きかけの段ボール箱を前に、莉子と若い男性社員の姿があった。

守川は眉をひそめ、二人の姿を注視する。

(莉子ちゃんと、あれは……？)

＊　＊　＊

イベント開催当日の社内は、会場に出発する直前まで準備に追われ、何かと慌ただしい。

守川と話をしないまま中国茶講座の日を迎えてしまった莉子は、朝からひどく緊張していた。今日は仕事が終わったあとに、彼と会う予定でいる。その際莉子は、守川に「自分との交際に区切りをつけ、七海の支えになってあげてほしい」と伝えるつもりでいた。

（本当は納得できていないけど、もう気持ちは固まってる。……わたしが身を引けば、全部上手くいくんだもの）

責任感のある彼は、莉子の提案に素直に頷《うなず》かないかもしれない。

しかし七海に縋《すが》られて心が揺らいでいるのは間違いなく、話し合いを重ねればいずれ納得してくれるだろう。

昨夜は泣いた上にあまりよく眠れず、目が少し充血してしまった。腫れぼったくなった瞼《まぶた》をメイクで隠しきれていないのが、弱い自分をさらけ出しているようで恥ずかしい。

今日が守川と顔を合わせる最後の日だと思うと、莉子の胸は強く締めつけられた。決して嫌いになったわけではなく、今も好きでたまらない。しかし彼の長年の想いが成就する機会が巡ってきたのなら、知らぬふりはできない——莉子は自らにそう言い聞かせ、気持ちに折り合いをつけようとしていた。

（今までわたしは、響生さんにとても大切にしてもらった。……だからもういい）

大好きな彼には、幸せになってほしい。きれいな七海と穏やかで知的な守川は、きっととてもお似合いだ。

スタッフたちと車を乗り合わせて会場となる書店に向かった莉子は、仕事に取りかかる。やがて午前十一時半頃、「講師の守川さんがお着きになりました」という伝達が回り、莉子は通路の陰からこっそりと様子を窺《うかが》った。

五日ぶりに見る彼はバックヤードを宇野と話しながら歩いていて、変わらないその姿に心臓がぎゅっとする。

（わたしは自分のするべきことをしよう。茶器の梱包を、全部解かなきゃ）

資材が運び込まれた会議室に向かった莉子は、段ボール箱を開ける。もう一人の女性社員と共に丁寧に茶器を取り出していると、廊下から彼女を呼ぶ声がした。

「山下《やました》さん、ちょっといい？」

「あ、はーい」

返事をした山下が立ち上がり、莉子を見て言う。

「ごめんね、すぐ戻るから」

「はい」

守川茶葉店から持ち込まれた道具類は蓋碗や茶壷、飲杯や茶盤に至るまで、多岐に亘《わた》る。残された莉子は茶器に割れや欠けがないか確かめながら、ひとつひとつ梱包を解いた。

しばらくして戸口のほうで人の気配がし、山下が戻ってきたのかと思った莉子は、何気なく顔を上げる。しかしそこにいたのは、山下ではなく八木だ。

ドキリとして息をのむ莉子をよそに、彼は会議室に足を踏み入れ、テーブルに並べられた茶器を珍しげに眺めつつ言った。

「ふーん、中国茶の湯飲みって、蓋が付いてるんだな。全然知らなかった」

「……っ」

なぜ八木が、ここにいるのだろう。

彼は資材の搬入や会場のセッティングなど、力仕事を割り当てられていたはずだ。そうした考えが顔に出ていたのか、八木は莉子に向かって言った。

「そんな迷惑そうな顔するなよ。ちょっと手が空いたから、ブラブラしてただけだって。お前一人なら手伝ってやろうか？」

「あの……ここは充分、間に合ってますから。山下さんもすぐに戻りますし、気にしないでください」

図らずも八木と二人きりになってしまい、莉子はひどく動揺していた。

言葉遣いをあえて敬語にしているのは、〝個人的に親しくするつもりがない〟という気持ちの表れだ。会議室のドアは開け放されていて、万が一のときは大声を出せばきっと誰かが来てくれる。しかしそうならない場合、いつまで八木の相手をしなければならないのかと考え、莉子は不安になった。そんな様子を見つめ、彼が笑う。

「何だよ、他人行儀な言葉遣いして。お前ってほんと、意識してるのが丸わかりなんだよな」

「ごめんなさい、忙しいので――」

「それよかさ、玉谷今日、目が腫れてねえ？　大丈夫か？」

「……っ」

馴《な》れ馴《な》れしく目元に触れられそうになり、莉子は咄嗟《とっさ》にその手を振り払う。そして精一杯平静を装って言った。

「……な、何でもありませんから」

「何でもないようには見えないから、わざわざ声かけてやってんだろ。そういう言い方はねえんじゃねーの」

不満げな顔をする八木を見上げ、莉子はぐっと眦《まなじり》を強くする。そして彼の目をまっすぐ見つめ、意を決して言った。

「はっきり言います。こうやって営業外で話しかけられたり、根も葉もない噂を立てられるの、すごく迷惑なんです。もうやめてください」

莉子は断固とした口調で、八木に抗議する。

もう限界だった。いくら彼が噂を立てて外堀を埋めようとしても、莉子が八木を好きになることは絶対にない。過去のでき事、そして再会して以降の彼の行動には嫌悪感しかなく、今毅然《きぜん》とした態度を取らなければ今後さらにエスカレートするのは目に見えている。

（わたし自身が……ちゃんと八木くんに意思表示しないと）

誰かが解決してくれるのを待っていても、どうにもならない。中学生の頃は理不尽ないじめにただ泣き寝入りするしかなかったが、今はもう大人だ。

莉子は八木の目を見て、はっきり告げた。

「事実じゃない話を流されるのは、本当に苦痛なんです。これ以上社内で虚偽の内容を言いふらすことをやめないなら、わたしは八木くんの件を上の人に相談するつもりでいます」

今までになく強い態度を取る莉子を前に、八木が鼻白んだ口調で「はあ？」とつぶやく。顔を歪《ゆが》めた彼は、不快そうに舌打ちして言った。

「何だよ、その言い方。優しくしてればつけあがりやがって……お前ちょっと、調子に乗ってないか？」

八木が一歩踏み出し、左の肩を小突いてくる。不意を衝かれた莉子は後ろによろめき、彼が直接的な行動に出てきたことにひどく動揺した。

（どうしよう……強く言いすぎた？）

八木の怒りを感じ、胃がぎゅっと強く引き絞られる。彼が再び腕を伸ばしてきて、莉子が恐怖に身をすくめた瞬間、突然第三者の声が響いた。

「――失礼。お話に割り込んで申し訳ありません。二人の会話が偶然耳に入ってしまったのですが、あなたは一体どういう立場で、彼女に向かって威圧的な態度を取っているんですか？」

聞き慣れた声のトーンに驚き、莉子は顔を上げる。八木の背後に立った守川が彼の肩に手をかけ、後ろに遠ざけたところだった。

守川は廊下を歩いているときに言い争っている様子に気づき、途中から話を聞いていたらしい。八木もまた突然入ってきた第三者に驚いた顔をしていたものの、顔を見て今日の中国茶講座の講師だと気づいたようだ。

彼は自分より背の高い守川をじろじろと眺め、慇懃《いんぎん》な口調で言った。

「俺ら二人の問題なんで、悪いけど口を挟まないでもらえますか？　講師さんには関係の

ない話ですよね」

「あなたは先ほど彼女の肩を小突いていましたが、それは立派な暴行です。僕が止めに入らなければ、もっとひどいことをしていたのではないですか」

守川の言葉を聞いた八木が、ムッと眉をひそめる。彼の態度にはいきなり割り込んできた守川への敵意、そして強い苛立ちが、如実ににじみ出ていた。

そんな八木を前に、守川が顔色を変えずに言葉を続けた。

「——それに口を挟む権利なら、充分にありますよ。彼女は僕にとって、一番大切な人ですから」

「……何言って」

八木が不可解そうな表情をし、やがて何かに気づいた顔でハッと目を見開く。

そのとき会議室に宇野が入ってきて、すぐあとから山下も現れた。宇野は不穏な空気に気づき、問いかけてくる。

「守川さん、何かありましたか？　もしかして搬入した茶器に、割れや欠けでも」

一気に人が増えた会議室に、八木が「やばい」という顔をする。彼は取り繕う笑みを浮かべ、宇野に弁解した。

「あー、玉谷とちょっと話をしているところに、この講師の先生が来て。別に何もないので、大丈夫です」

「……でも」

宇野が困惑して八木を見つめると、彼は「あ、俺そろそろ戻ります」と言って会議室を出ていこうとする。そんな彼の背中を見つめ、守川が口を開いた。

「何もないことはないでしょう。あなたは自分を拒絶する彼女を恫喝《どうかつ》し、肩を小突いていた。それを止めに入った僕にも、『関係ないんだから口を挟むな』と言ったはずです。なぜ誤魔化そうとするんですか」

八木がぐっと言葉に詰まり、ばつが悪そうに押し黙る。

思わぬ展開に、莉子は心臓がドキドキしていた。いきなり守川が会議室に入ってきたときは本当に驚いたが、彼は八木に絡まれていた莉子を助けてくれた。今も適当に場を濁して逃げようとする行動に、きっちり釘《くぎ》を刺してくれている。

（わたしがちゃんと……状況を説明しないと）

莉子は宇野を見つめ、勇気を出して口を開いた。

「あの、守川さんがおっしゃっていることは本当です。八木くんに絡まれて肩を押されていたところを、助けてくれました」

「絡まれてって、あなたたち、喧嘩《けんか》でもしてたの？」

「わたしと八木くんに、つきあっている事実はありません。中学校時代の同級生なのは確かですが、以前彼が原因のトラブルに巻き込まれたせいで、苦手意識しかないんです。それなのに、まるで交際しているように社内に言いふらされて……精神的苦痛を感じていました」

――莉子は宇野に説明した。

再会後しばらくして、八木に「つきあっている相手がいないなら、自分と交際するのはどうか」と誘われたものの、はっきり断ったこと。しかしその後、まるで自分たちがつきあい始めたかのように言いふらされ、困惑して抗議しに行ったこと。

その際の彼はこちらに謝罪するどころか、「噂を本当にすればいい」と囁き、胸の大きさを揶揄《やゆ》するセクハラ発言をしてきた。そして今、「これ以上社内で虚偽の内容を言いふらすことをやめないなら、上の人に相談するつもりでいる」と通告したところ、逆上した八木が肩を押してきたこと――。

莉子の話が思いもよらぬ内容だったのか、宇野と山下が顔を見合わせている。そこで守川が口を開いた。

「玉谷さんの話は、すべて事実ですよ。八木さんが社内で流布したことは、虚言であると断言できます」

きっぱりとした守川の口調に、宇野が戸惑った表情で言う。

「あの……失礼ですが、なぜ守川さんがそう言いきれるんでしょう。うちの社内の話ですのに」

「実は彼女と交際しているのは、僕なんです。八木さんの迷惑行為については、今まで再三相談を受けていました」

宇野が「えっ」と目を丸くし、こちらを見る。

「玉谷さん、本当なの？」

莉子はみるみる頬が熱くなるのを感じながら、小さく答えた。

「す、すみません、本当です。……わたしの交際相手は八木くんではなく、守川さんなんです」

八木は途中から守川が莉子の交際相手だと気づいていたのか、横を向いて苦々しい表情を浮かべている。

一方の宇野は目まぐるしく考えている様子だったものの、守川に向き直って口を開いた。

「お話は……よくわかりました。八木の迷惑行為については、彼本人と玉谷、そして社内の人間に聞き取りを実施し、きちんと調査いたします。守川さんにはご不快な思いをさせてしまい、大変恐縮ですが、このあと予定どおり講座を実施していただいてもよろしいでしょうか」

「はい、もちろんです」

守川が頷いた途端、宇野は山下を振り返り、小声で「八木くんを連れていって」と指示する。

山下に促された八木は、どこか不貞腐れた顔をして会議室を出ていった。それを見送り、宇野が言う。

「本件について、上の者に直ちに報告します。玉谷さん、茶器の梱包を解く仕事、引き続きお願いしてもいい？」

「は、はい！」

「では守川さん、私と一緒に、一旦控室へ」

宇野が会議室を出ていき、守川がそれに続く。

しかし彼は部屋を出る直前にこちらを振り向き、ドキリとする莉子に向かって言った。

「――あとで、ちゃんと話そう」

「……はい」

第十二章

書店の一角で行われた〝一日茶藝教室〟は、盛況のうちに終わった。

約二時間の講座が終了したあと、控室で守川を待っていたのは、〝株式会社AND〟北海道支社長の前田だった。

「守川さん、このたびは大事な本番の前にご不快な思いをさせてしまい、大変申し訳ありませんでした」

「いえ、そんな。お忙しいのにわざわざ来てくださって、かえって申し訳ありません」

前田は守川に対する八木の態度を詫《わ》び、「本件の事実確認は、自分が責任を持って行う」と約束してくれた。

偶然とはいえ莉子と八木が言い争っている場に遭遇し、彼の身勝手極まりない行動を周知させることができた守川は、ホッと胸を撫《な》で下ろした。

（「しっかり調査したあと、相応の処分を下す」って言ってもらえたから、これで解決かな。……莉子ちゃんが怪我したりしなくてよかった）

八木が莉子の身体を小突いた瞬間、猛烈な怒りをおぼえた守川は、考えるより先に彼の肩をつかんでいた。表向きはどうにか冷静に話をしたものの、今も心には八木への怒りが渦巻いている。

聞くところによると、莉子は今までこちらに報告していたこと以上の嫌がらせを八木から受けていたらしい。一人でどれだけ悩んでいたのかを想像し、守川の胸が痛んだ。

（莉子ちゃんの自主性を尊重するためにあえて聞かずにいたけど……俺はもっと彼女に対して、親身になるべきだったのかもしれない）

八木と交際しているという嘘《うそ》を言いふらされたり、セクハラ発言をされたりという状況に、莉子は相当なストレスを感じていたはずだ。

より踏み込んで聞けばよかったと思う反面、まるで束縛するように何でも知りたがるのはどうなのかという思いで、守川は悶々《もんもん》とする。

（それに今日は、七海の件についても話さないとな。いろいろ誤解されている部分を訂正しないと）

書店から撤収した守川は、茶葉店に戻る。

大西から留守中の報告を受けたり、合間に中国から持ち帰ってきたばかりの茶葉の試飲をしながら仕事をこなし、やがて午後八時近くに莉子がやって来た。

「……こんばんは」

「いらっしゃい、莉子ちゃん。もう店を閉めるから、ちょっと待ってて」

閉店作業をし、店の鍵を閉めた守川は、二階の住居に莉子を誘う。

リビングのソファに座った彼女はどこか緊張した面持ちで、守川に向かって頭を下げてきた。

「響生さん、今日は講座の前にあんなトラブルに巻き込んでしまって、本当にすみませんでした。響生さんがもう到着していたのはわかっていたんですけど、まさかあの場に居合わせるとは思わなくて……わたし」

「何で莉子ちゃんが謝るの？　俺は言い争っている場に居合わせられて、よかったと思ってるよ。人目がない状況だと何をされるかわからないし、君に怪我がなくて安心した」

そんな守川の言葉を聞いた彼女は、申し訳なさそうにうつむいている。

守川は彼女に問いかけた。

「あの男、莉子ちゃんと自分がつきあってるっていう噂《うわさ》を社内に流してたんだろ。一体いつから？」

「気づいたのは……このあいだの日曜です。その数日前に八木くんと話す機会があって、向こうから交際を持ちかけられて、はっきり断ったんですけど。彼は外堀を固めることで、わたしがなし崩しに言うことを聞くと思っていたみたいです」

莉子が八木の元に抗議しに行ったところ、彼は謝らずに開き直り、セクハラ発言までしてきたという。守川は小さく息をついて言った。

「俺に話してくれれば、力になることができたかもしれないのに。……でも莉子ちゃんなりに、自分で何とかしようと頑張ったんだよな」

「……っ、ごめんなさい。何でも響生さんに報告して頼るのは、違う気がして。今日はたまたまわたしが一人でいるときに八木くんが来たので、自分の気持ちをはっきり彼に告げました。でも結果的に逆上させてしまって、響生さんが来てくれなかったらどうなっていたか」

「莉子ちゃんの言葉が正論で、自分の行動に後ろ暗い部分があったからこそ、彼は暴力という形でしか反発できなかったんじゃないかな。逃げずに自分の意思を主張した君は、すごく頑張ったと思う。たまたま俺があの場に居合わせて、宇野さんたちに彼の行動を知らしめることができたんだから、結果オーライだよ」

既に社内では、八木への事情聴取と社員たちへの聞き取り調査が行われているという。それを踏まえた上で、彼の処遇について早急に会社の上層部で協議するらしい。

リビングの中に、沈黙が満ちた。八木の件が片づいても、自分たちの間にはまだ解決しなければならないことが残っている。守川は莉子を見つめて口を開いた。

「このあいだの、俺が中国に行く前の夜のことだけど。……莉子ちゃんを不安にさせてごめん」

「…………」

「俺と七海の話、どこから聞いてた？」

守川の問いかけに、莉子がうつむいたまま答える。

「七海さんが、取り乱していて……響生さんがなだめているところからです。会話の内容的に、ブライダルチェックの結果のことだと思いました」

莉子が「盗み聞きしてしまって、ごめんなさい」と頭を下げてきて、守川は首を横に振る。

「あんなところで話していたのは俺と七海のほうだから、気にしなくていいよ。あのときはすぐ莉子ちゃんを追いかけようとしたんだけど、七海に『行かないで』って引き止められて、それができなかったんだ。動揺してる彼女を一人にしておけなかったっていう、俺個人の気持ちもある」

「…………」

莉子が沈痛な面持ちで押し黙る。

おそらくいろいろとネガティブに考えているのだろうと思いつつ、守川は言葉を続けた。

「七海は精神的に不安定になっていて、『結婚が破談になったら、傍にいて』とか、『少しでも私を好きな気持ちがあるなら』とか発言していたけど。それを聞いた君は不安になったんだろう？　俺が七海のほうに行くとか考えて」

「……っ」

莉子の表情はこちらの言葉を肯定していて、守川は「やはり」と思う。そしてきっぱりと告げた。

「――はっきり言って、それはない。確かに俺は過去に七海のことが好きだったし、彼女に突然それを指摘されて少なからず動揺したのも事実だ。でも俺の中では既に終わった話で、あんなふうに七海に縋《すが》りつかれても心はまったく動かなかった。それは俺が今一番大切にしたい相手は、彼女ではなく君だからだ」

莉子が驚いたように顔を上げ、守川を見る。守川は言葉を続けた。

「七海にも、そう告げた。俺が七海を好きだったのは過去の話だ、今もっとも優先したい存在は莉子ちゃんで、彼女を蔑ろにしてまで七海を支えることはできないって。そして嫌がる七海を説き伏せて、婚約者の津田さんに連絡を取った。彼女が本来頼る相手は彼で、ブライダルチェックの結果は二人で話し合うべきだと思ったから」

守川から連絡を受けた津田はひどく驚いていたものの、話の内容を聞いてすぐに駆けつけてきた。

そして「病気の疑いがあるからといって、見捨てることは絶対にしない」と言い、七海を連れて帰った。守川は言った。

「あの翌日、七海から詫びのメールが来てたよ。『昨夜は動揺のあまり、響生を困らせるようなことを言ってごめんなさい。和彦さんが何があっても支えると言ってくれたから、私はもう大丈夫です』って。……自分の言動のせいで莉子ちゃんにも迷惑をかけてしまったことを、後日会って直接謝りたいって言ってた」

守川の説明を聞いた莉子が、信じられないという表情で「……じゃあ」とつぶやく。

「響生さんは、七海さんのところに行ったりしないんですか……?」

「うん」

「あんなふうに言われて――心が揺れなかったんですか？　だってずっと好きで、誰とつきあっても諦められないくらいの人だったのに」

「何度も言うけど、彼女が婚約したことをきっかけに心の整理がついたんだ。一度泣いてすっきりしたっていうのもあるし、そのあと君を好きになってからは、一切よそ見をしていない」

「…………」

「確かに七海に気持ちを悟られていたのを知ったときは、いたたまれない気持ちになったよ。いつから知ってたのかなとか、ばれてた自分が滑稽だなとか考えて……。でも、それだけだ。俺の中でちゃんと終わってるって再確認できて、かえってよかったと思ってる」

　守川は笑い、莉子に問いかけた。

「そういう言い方をするってことは、もしかして今日、俺と別れようとか考えてた？」

「……っ、それは」

　彼女は一瞬言葉に埋まり、モソモソと答えた。

「そうすることが一番いいのかもって――自分なりに考えて、結論を出しました。響生さんがずっと七海さんを好きだったのは事実で、その七海さんが今、支えを必要としてる。だったらわたしが自分から響生さんの背中を……押してあげるべきなのかなって」

「莉子ちゃん、それは」

「そういう結論に達したのは、わたしが響生さんのことを好きだからです。今まで本当に大切にしてもらったのに、わたしは何も返せていない。だったらせめて響生さんの幸せのために、自分が身を引けばいい――そう思って」

莉子の目から、涙がポロリと零れ落ちる。いつもより雄弁な彼女はそれを拭い、言葉を続けた。

「わたしは元々、劣等感だらけで……。それを克服できないまま大人になって、でも響生さんと会って、少しずつ変われてきた気がしました。それなのに、七海さんを前にすると一気に自信のない自分に逆戻りして、後ろ向きな気持ちになってしまったんです。あんなにきれいで明るくて、響生さんに好かれていた人に、わたしが敵うわけがない。そんな卑屈な気持ちもあって別れを決意したのに、決めてからずっと……苦しくて」

「――あのさ、莉子ちゃん」

守川は腕を伸ばし、隣に座る莉子の頬に触れる。そして涙で濡《ぬ》れた部分を親指で拭い、彼女の目を見て言った。

「確かに莉子ちゃんは、中学時代に植えつけられたトラウマのせいでネガティブな部分があるかもしれない。人づきあいが苦手っていうのも、そのとおりなんだと思う」

「……………」

「でも君の言う〝劣等感〟って、俺にとってはマイナスポイントじゃないんだ。おとなしいところは奥ゆかしくておしとやかに感じるし、引っ込み思案な部分は自分の中でいろいろ考えてて、思慮深く思える。初心で男慣れしていないのは可愛らしくて、見ていると俺がうんと甘やかしてやりたい、俺の傍で安心させてあげたいっていう庇護欲《ひごよく》がこみ上げてくるんだ」

守川の言葉を聞いた彼女が、驚きの表情でこちらを見つめる。

やがて言われた意味が浸透したのか、莉子の顔がじわじわと赤らんでいった。それを見た守川は、笑って言う。

「もちろん可愛い顔も、きれいな声も、小さくて華奢《きゃしゃ》な体型も、全部好きだよ。だから言うなれば割れ鍋に綴《と》じ蓋っていうか、君と俺はすごくぴったりじゃないかと思うんだけど、どうだろう」

「響生さん……」

「今まで他の誰にも、こんなふうに思ったことはない。丸ごと抱え込んで大事にしたいなんて……。七海は潑剌《はつらつ》としてて、自分の力でグイグイ前に行く男勝りな性格が魅力的だったけど、俺は莉子ちゃんの思いやりのある部分や、繊細で女の子らしいところに強く心惹《ひ》かれてる。いつしか七海の存在が霞《かす》むくらいに、好きになってたんだ。だから莉子ちゃんは俺にとって特別だし、その点は自信を持ってほしい」

守川は莉子の柔らかい髪を搔《か》き混ぜ、明るく言った。

「結論として、『これからも仲良くやっていきましょう』でいいんじゃないかな。だって何も問題はないんだから。ＯＫ？」

乱された髪のままの莉子が、守川を呆然《ぼうぜん》と見つめる。そしてポツリと言った。

「問題……ないんでしょうか」

「ないよ。今説明したでしょ」

「わ、わたし、この何日か、すごく悩んで……」

「上海の件で不安にさせたことについては、心から申し訳ないって思ってる。でも俺は彼女の元に行く気はないし、そもそも向こうには頼もしい婚約者がいるから、お鉢が回ってくることは一〇〇パーセントない」

守川は「だから」と言って、莉子の頭を自分の胸に引き寄せる。

「君は安心して俺の傍にいてほしい。――もう絶対、不安にさせたりはしないから」

＊　＊　＊

抱き寄せられ、頰に守川のシャツと布越しの体温を感じた莉子は、呆然とする。

(何だか……嘘みたい)

ここ数日の悩みが、まるでなかったことになってしまった。

莉子がこの家に来たのは、ほんの二十分ほど前の話だ。今日の午後、中国茶教室の会場である書店で八木に絡まれていたのを助けてくれたとき、守川は「莉子とつきあっているのは自分だ」とはっきり言ってくれた。

社外の人間である彼の発言により、八木の行動の不条理さが裏打ちされて、結果的に彼が言いふらした話は嘘だと証明することができた。

しかも守川は七海の件もきちんと説明してくれ、莉子は今までの悩みが一気にすべて解消して、どこか気持ちがフワフワしている。

「……ぁ」

見慣れた端整な顔が近づいてきて、唇が重なる。

触れるだけで一旦離れた彼を、ソファに座った莉子は間近でぼんやり見つめた。

「どうしたの、ぼーっとしちゃって」

守川が笑いながら問いかけてきて、莉子は小さく答える。

「あの……何だか頭が、ついていかなくて」

「俺と別れようと考えて悩んでたから、そうならなくて安心した？」

莉子が素直に頷《うなず》くと、彼が苦笑する。

「ここまで『好きだ』とか『可愛い』とかさんざん言ってるのに、俺が莉子ちゃんをあっさり手放すわけないだろ。でもまあ、不安にさせたのは俺の責任か」

そう言って守川が、息をつく。そしてある提案をした。

「じゃあ俺がどれだけ君を好きなのか教えてあげるから、場所を変えよう」

「えっ？」

「おいで」

手を引いて立ち上がり、連れて行かれたのは寝室だ。彼の意図を察した莉子がじわりと顔を赤らめると、あっという間にベッドに押し倒される。

「あ……っ」

かすかにベッドを軋《きし》ませながら上に覆い被さってきた守川が、莉子の頬を撫でた。

色めいた展開に心臓を高鳴らせていると、彼は額にキスをしてささやく。

「――好きだ」

「……っ」

胸に染み入るような優しい声に、莉子の喉元を重苦しいものがせり上がってくる。

もう二度と、こんなふうには触れ合えないと思っていた。好きな気持ちはまったくなくならず、むしろ恋しさが強まるくらいだったのに、「守川を諦めなければならない」と必死に自分に言い聞かせていた。

（でも……）

不安がすべて解消した今は、彼を諦めなくていい。自分の劣等感すら「マイナスではない」と言って包み込んでくれる彼を、この先もずっと好きでいていい。

そう思うと泣きたいくらいに幸せで、莉子は腕を伸ばし、彼の首にぎゅっと強くしがみついた。その力の強さに驚いたように、守川が声を上げる。

「莉子ちゃん？」

「わたしも――好きです。響生さんのことが、すごく、すごく好き……」

すると彼が笑い、莉子の頭をあやすようにポンポンと叩《たた》いてくる。

「こうやって莉子ちゃんに甘えられるだけで、何でもしてあげたくなる。俺ってかなり単純な男だな」

「わ、わたしも、できるだけ返すようにしますから……」

「俺のことを好きでいてくれるだけで、充分だよ」

守川が深いキスをしてきて、莉子はそれを受け止める。

彼の舌が口腔《こうこう》に入り込み、ぬるりと絡みついた。ざらつく表面を擦り合わせたあと、中をくまなく舐《な》められて、すぐに莉子の息が上がる。

「うっ、……ふ……っ……ん……っ」

唾液の糸を引きながら舌が出ていき、莉子は上気した顔で目の前の守川を見つめる。そして小さな声で言った。

「響生さんがしてほしいこと……わたし、何でもしますから。どうぞ言ってください」

守川は無言で莉子を見つめ、微妙な表情になる。

彼はどこか困ったように言った。

「こういう場面でそんなふうに言われたら、逆に躊躇《ためら》っちゃうな。清純な子に何をさせるんだっていう、罪悪感がこみ上げて」

「別に清純でも何でもありません。わたし、充分大人ですから」

莉子の意気込みを聞いた彼は、しばし考え込む。

そしておもむろに体勢を変えると、自分がベッドに転がり、莉子を身体の上に乗せて言った。

「――じゃあ今日は、莉子ちゃんが俺にしたいと思うことをしてくれる？」

「えっ……」

「たまには君にリードされるのもいいかなって」

言われた言葉の内容を理解し、莉子の頬がじわじわと赤らんでいく。

しかし自分の発言に責任を持つのは、当然のことだ。そう腹をくくった莉子は、手を伸ばして守川の眼鏡を外す。途端にすっきりと端整な顔が現れて、胸がドキドキした。

（響生さんって眼鏡をしてたら柔和で優しい雰囲気だけど、外したら結構男っぽくなるんだよね。……これはこれで、女の人にもてそう）

動きを止めた莉子を見て、守川が不思議そうな顔をする。

「どうしたの、やっぱりやめる？」

「い、いいえ。あの、眼鏡を外した顔も、好きだなって思って……」

守川が面映ゆそうに微笑み、莉子の腕を引いて身体を引き寄せてくる。

「莉子ちゃん、キスして」

「あ、はい……」

薄い唇に口づけ、莉子は勇気を出して自分から守川の口腔に舌を入れる。

ぬめる粘膜を絡ませる行為が心地よく、気づけば夢中になってキスをしていた。

「はぁっ……」

柔らかな舌を舐め、蒸れた吐息を交ぜ合うのは官能的で、部屋の空気が少しずつ濃密になっていく。

ようやくキスを切り上げた莉子は上体を起こすと、彼のシャツのボタンを外した。しなやかな身体は無駄なところがなく引き締まっていて、手のひらで撫で回しながらその触り心地に陶然とする。するとそれを見た守川が、笑って言った。

「だいぶマイペースな動きだけど、そういう焦らしプレイ？」

「そ、そんなことありません。脱がせていいですか？」

「うん。その前に、莉子ちゃんが脱いで」

「えっ……」

あっさり提案され、莉子は内心ひどく動揺する。

（自分で脱ぐなんて……恥ずかしい。でも、響生さんを愉しませるためなんだから）

意を決した莉子は、自分の服に手を掛ける。しかし全部を自分で脱ぎ去るのはハードルが高く、結局上下の下着は着けたまま彼に問いかけた。

「こ、これでいいですか……？」

「うん。まあ、これはこれで可愛いから、いいよ」

守川の手が腰の辺りを撫でてきて、莉子は肌が粟立《あわだ》つのを感じる。

（いけない、わたしが頑張らなくちゃ）

「し、失礼します……」

一言断った莉子は守川に覆い被さり、首筋にそっとキスをする。

何度もついばむように唇を落として胸や腹部まで辿《たど》るうち、じわじわと淫らな気持ちが高まった。

（女の人とは……全然違う。男の人の身体って、こんなに硬いんだ）

腹部にキスをしているうちに守川が髪を撫でてきて、莉子はその手をつかむ。

指の長い大きな手はいつもさらりと乾いていて、温かい。手のひらにキスをし、舌で指先まで舐め上げると、彼が目を細めて言った。

「意外に色っぽいことするんだな。……猫みたいで、可愛い」

守川が口腔に指を入れてきて、莉子は懸命に舌を絡める。

「んっ……ぅっ……」

指先のざらつきが舌の表面を刺激し、動かされるたびに唾液が水音を立てる。目を合わせながらの行為が官能を煽《あお》り、莉子は甘い息を吐いた。

「はぁっ……」

やがて指が引き抜かれ、物足りなさをおぼえながら濡れた口元を拭われた莉子は、上気した顔で守川を見下ろす。

（どうしよう……もっと響生さんに触れたくてたまらない）

そんな気持ちがじりじりと高まり、莉子は彼のベルトのバックルに手を掛け、下衣をくつろげた。

（わ……）

半ば兆している彼の性器は、その状態でも充分に大きい。

前に口でしたときのことを思い出して頬が熱くなるのを感じながら、莉子は幹の部分を手で持ち、亀頭を口に含んだ。

「ん、……っ」

舌が触れた瞬間、ピクリとそれが反応して、幹の硬度が増す。歯を立てないように気をつけつつ、莉子は亀頭とくびれ、裏筋を丁寧に舐めた。

「は……」

守川が熱っぽい息を漏らすのが聞こえ、莉子の体温がじんわりと上がる。しばらく好きにさせていた彼が、やがて気持ちよさそうな声で言った。

「下着姿で舐められるの、視覚的に結構くるね」

「そ、そうですか？」

「うん。しかも莉子ちゃんが自発的に俺のを舐めてくれてるんだから、そりゃ興奮するよ」

守川の言葉にうれしくなった莉子は、ますます丁寧に彼のものを舐める。完全に勃ち上がったものの硬さをつぶさに感じながら、表面や先端を中心に舌を這《は》わせた。

しばらくして守川が上体を起こし、腕を伸ばして莉子の尻を撫でてくる。莉子はビクリと腰を跳ねさせた。

「あっ……！」

脚の間は既に熱くなっていて、蜜口が潤んでいるのがわかる。それがひどく恥ずかしく、彼の手から逃れるように腰を遠ざけると、そんな動きに気づいたらしい守川が笑って言った。

「もういいよ、莉子ちゃん。……おいで」

口元を拭いながら上体を起こした途端、強い腕に抱き寄せられる。首筋に嚙《か》みつく勢いで唇を這わされ、莉子は小さく声を上げた。

「あ、……っ」

ぬめる舌の感触に肌が粟立ち、背をしならせる。

莉子の肩口を抱き寄せたまま、守川がもう片方の手でブラのホックを外してきて、一気に締めつけが緩んだ。カップから零れ出たふくらみをつかみ、彼が先端に吸いついてくる。

「んん……っ」

きつく吸いついたあとに歯を立てられ、じんとした疼痛《とうつう》が走る。

莉子がかすかに顔を歪《ゆが》めると、守川がなだめるように優しく乳暈《にゅううん》を舐めてきて、甘い声が出た。

「はっ……ぁ……っ……」

舐めたり吸ったりされるうち、どんどん身体が熱くなってくる。前髪の隙間から彼がこちらを見上げてきて、その色めいた眼差しにドキリとした。

「響生、さん……」

「莉子ちゃんは嫌かもしれないけど、俺は君の胸が好きだよ。きれいで感じやすくて、揉《も》みごたえもあって――他の男には、絶対に見せたくない」

「……っ」

その言葉を裏付けるように守川が執拗《しつよう》に胸ばかり嬲《なぶ》ってきて、彼に抱き寄せられた莉子は息を乱す。

大きな手がときおり背中や尻の丸みを撫でるのに、それ以外には触れてこない。蜜口はとっくに潤んで蜜を零していて、もどかしさが募った莉子は、両腕で守川の頭をぎゅっと抱え込んでささやいた。

「ひ、響生さん……」

「ん？」

「ぁ、もっと……っ」

彼を知っている身体の最奥が切なくて、仕方がない。

そう思いながら身体をすり寄せる莉子に、守川が笑って言った。

「――中も触ってほしい？」

「……っ」

淫らな問いかけに恥ずかしさをおぼえながら、莉子は無言で頷く。すると彼の手が尻を撫で、下着の中に入ってきて、後ろから蜜口に触れた。

「ああ、もうトロトロ……慣らさなくても、楽に挿入りそうだな」

「あっ……！」

音を立てて蜜口をくすぐられ、莉子はますます強く守川の頭を抱え込む。

粘度のある愛液が溢《あふ》れ出し、彼の指を濡らしていくのがわかった。浅いところをくすぐられ、物足りない刺激に内襞《うちひだ》がビクビクとわななくが、守川はわざと奥までは挿れてこない。

たまらなくなった莉子は彼の顔を引き寄せ、自分からその唇に口づけた。

「……っ、んっ……は……っ……」

舌を絡ませると、守川も同じくらいに熱心に返してきて、口づけが熱を帯びる。

そうするうちに彼の指が深く隘路《あいろ》に埋められてきて、ゾクゾクとした快感が背すじを駆け上がった。

「あっ……！」

「こんなに欲しがるの、初めてだな。すごいよ、中」

「あっ、あっ」

「本当に可愛い……どうする、先に指で達く？」

深く埋めた指で乱されながら、莉子は必死で首を横に振る。

「……っ……響生さんが、欲し……っ」

「わかった」

莉了の体内から指を引き抜いた彼が、膝立ちにさせたまま湿った下着を脱がせてくる。

そして自身に避妊具を着け、こめかみに口づけてささやいた。

「──そのまま腰を下ろして」

「……ぁ、でも……っ」

「大丈夫、ちゃんと支えてるから」

蜜口に屹立《きつりつ》をあてがわれ、その熱さにビクリとおののいた莉子は、守川の肩につかまりながらそろそろと腰を下ろす。

ぐぐっと押し入ってくる硬い質感に怖さをおぼえ、圧迫感に息が乱れた。しかし隘路を拡げられる感覚は充足を伴っていて、愛液のぬめりを借りながら根元まですべて受け入れていく。

「はぁっ……」

太ももが彼の腰に密着し、体内でドクドクと脈打つ肉杭《にくくい》の存在を強く感じた。

守川が莉子の汗ばんだ身体を抱き寄せ、額にキスをして言う。

「上手だ。……莉子ちゃんの中、狭くてあったかくて、すごく気持ちいい」

「……っ」

愛情がにじんだしぐさに、胸の奥がきゅうっとする。内臓がせり上がるような圧迫感で浅い呼吸をした莉子は、彼を見つめてささやいた。

「……好き」

「…………」

「響生さんが、好き……っ、ぁっ！」

尻をつかんで突然下から突き上げられ、莉子は声を上げる。守川が深い律動を送り込みながら答えた。

「……俺も好きだよ」

「ぁっ、あっ」

「莉子ちゃん、ほら、俺につかまって腰動かして」

促され、彼の首に腕を回した莉子は、腰を揺らす。

硬い屹立に内襞を擦られる感触が、眩暈《めまい》がするほどの愉悦を生み出した。身体の深いところからこみ上げる甘ったるさが濃密で、声が出るのを抑えることができない。

「あっ……ぁ、響生、さん……っ」

「莉子ちゃんの気持ちいいところ、ここだっけ」

「んぁっ……！」

切っ先がわななく最奥を抉《えぐ》り、莉子の腰が跳ねる。それを押さえつけて奥をグリグリと刺激されるのは、理性が溶けてしまうほどの快感があった。

「あ……っ、響生さん、そこ……っ」

「うん。莉子ちゃんがぎゅうぎゅうに締めつけてくるから、俺も気を引き締めてないとやばいんだけど。ここ、気持ちいい？」

「……っ」

無言で頷くと、守川の瞳が優しくなる。

彼は根元まで埋めたもので中を抉る動きを止めないまま、敏感な首筋に舌を這わせてきた。

「ひうっ、や……っ」

「あー、すっごい、……締まる」

「あっ、あっ」

首筋を舐められながら奥を穿《うが》たれ、あまりの快感に息が止まりそうになる。

充実した屹立が隘路を拡げ、感じるところを残さず擦って、莉子は守川にしがみついて啜《すす》り泣きのような声を漏らした。

「や……も、達っちゃう……っ……」

「いいよ、好きなだけ達って。ほら」

腰を押さえつけてグラインドするように動かされ、花芽が擦れてじんとした快感がこみ上げる。心拍数が上がり、接合部から聞こえる水音が粘度を増して、莉子は守川の首に回した腕に力を込めた。

(ぁ、駄目、もうきちゃう……っ)

「あ……っ！」

最奥で強烈な快楽が弾け、ビクリと背をしならせる。

中がきつく収縮したあと、身体が一気に脱力していき、それを受け止めた守川が目元に

優しくキスをした。

「莉子ちゃん、姿勢変えるよ」

向かい合って座った姿勢からベッドに横たえられ、大きく広げた脚の間に彼が身体を割り込ませてくる。上気した莉子の頬を一度いとおしそうに撫でた守川は、力の入らない膝をつかんで深く腰を入れてきた。

「ん……っ」

根元まで埋められ、莉子は圧迫感に顔を歪める。

座位とは違った角度で突き上げられるとじわじわと体温が上がって、達したばかりの中がまた快感を追い始めた。

「ぁっ……はっ、……あ……んっ」

守川を受け入れた隘路が、動かれるたびに粘度のある水音を立てる。

甘い蜜のような愉悦が少しずつ身体の奥にわだかまっていき、莉子が切れ切れに声を上げると、彼が心地よさそうな息を吐いて言った。

「――そろそろ達っていい？」

莉子が頷いた途端、守川は突き上げを激しくしてくる。

徐々に律動を速められ、莉子は嵐のような快感に追い詰められて切羽詰まった声を上げた。

「はぁっ……ぁっ……んっ……あっ……！」

「……っ」

最奥までねじ込まれ、膜越しに熱を放たれる。

二度、三度と揺らしてありったけの情欲を吐き出した守川が、深い充足の息をついた。

すっかり汗ばんだ莉子が脱力し、荒い呼吸をしていると、慎重に屹立を引き抜いた彼が避妊具をはずして後始末をする。

そしてまだ快楽の余韻に震える蜜口に、指を挿れてきた。

「んんっ……」

ぬかるんだ中に二本の指を埋めながら唇を塞がれ、舌を絡ませられた莉子はくぐもった声を漏らす。

熱を持った隘路に指を行き来させながら、唇を離した守川が吐息の触れる距離でささやいた。

「ごめん、まだ足りない。……もう一回していい？」

「……っ」

身体はぐったりと疲れているのに、中を掻き混ぜる指に、快楽を呼び起こされる。

守川を諦めなくていいのだと思うともっと触れたい気持ちがこみ上げて、莉子は彼の首に腕を回して答えた。

「わたしも、もっと……響生さんにくっつきたいです」

莉子の答えを聞いた守川が、うれしそうに微笑む。

「そっか」

見つめ合い、どちらからともなくキスをする。

汗ばんだ肌、ぬめる粘膜の感触に、熱が上がるのはすぐだった。愛撫のひとつひとつに声を上げながら、莉子はいとしい恋人の身体を抱きしめ、再び互いの身体を貪る行為に没頭した。

＊　＊　＊

月曜の午後八時、既に客のいない守川茶葉店の入り口には〝ｃｌｏｓｅｄ〟の札が掛けられている。

そのタイミングでやって来た七海が、目の前で莉子に向かって深く頭を下げていた。守川がなりゆきを見守っていると、莉子が慌てた顔で言う。

「莉子ちゃん、先日は本当にごめんなさい。もっと早くにお詫びするべきだったけれど、響生が中国に行っていた都合で今日を指定されて、日が空いてしまったの」

「あの、七海さん、どうか頭を上げてください」

「いいえ。いくら検査結果で動揺していたとはいえ、私はあなたたち二人に許されないことをしたわ。自分が不安だからって、響生とあなたの仲に割り込もうだなんて……。本当に反省しています」

七海が謝っているのは、先週の火曜日の夜の件だ。

七海と一緒に来た婚約者の津田も、莉子に向かって頭を下げた。

「玉谷さん、僕のほうからもお詫びいたします。本当に申し訳ありませんでした。今回の件は、七海を支えきれなかった僕に責任があります。僕がもっとしっかりしていれば、響生くんやあなたに迷惑をかけることはなかったのに」

「そ、そのお気持ちだけで、充分ですから……」

二人に頭を下げられた莉子は、ひどく恐縮している。そんな彼女に向かって、津田が言葉を続けた。

「まだ精密検査の結果は出ていないのですが、軽度の異形成のため、おそらく経過観察になると言われました。高度異形成に発展する場合は手術が必要ですが、術後の妊娠・出産は充分に可能だそうです。もし七海の病気を理由にうちの両親が結婚を反対するなら、僕は絶縁してでも彼女と添い遂げるつもりでいます」

あの日、守川が津田を呼び出したあと、七海は彼に強く叱責されたという。

頼るべき相手を間違えている、何があっても自分は七海を見捨てないし、絶対に結婚するつもりでいる。だからまずは一緒に精密検査を受けに行こう――そう言われ、彼女はようやく落ち着きを取り戻したらしい。

今日会った七海はいつもどおりの彼女に見え、守川はホッとしていた。

（やっぱり恋人に支えてもらうのが一番だよな。思ったより重篤な状況ではなくて、本当

によかった)

七海が莉子に向かって、「それでね」と遠慮がちに言った。

「結婚式はどうするかまだ未定なんだけど、もしかすると内輪でのささやかなものになるかもしれないの。こんなお願いをするのはおこがましいかもしれないけれど、莉子ちゃん、よかったら響生と一緒に出席してもらえないかしら」

七海の言葉を聞いた莉子が驚いたように目を瞠《みは》り、やがて柔らかな笑みを浮かべる。彼女が頷いて言った。

「はい、喜んで。七海さんの花嫁姿、楽しみにしています」

七海と津田が頭を下げて帰っていき、店内は二人きりになる。莉子が小さく息をつくのが見え、守川は彼女に詫びた。

「ごめん、わざわざ来てもらっちゃって。七海と津田さんが、どうしても莉子ちゃんにお詫びをしたいって言うから」

「いいんです。今日は残業がなかったので」

守川はカウンターでお湯を沸かしつつ、彼女に問いかける。

「ところで今日の会社はどうだった? 例の八木くん、莉子ちゃんに何か言ってきたの?」

昨日の中国茶講座の前にあった騒動は、まだ記憶に生々しい。

莉子の会社は、昨日の件の余波で全社員へのセクハラ調査にまで発展し、いろいろとバタバタしていたようだ。守川の質問に、莉子が答えた。

「それが――彼、今日は無断欠勤したんです」

「無断欠勤？」

「はい。昨日の支社長の事情聴取のときも、すごく不貞腐れた態度だったらしくて」

――支社長の前田が尋問した結果、八木は嘘の交際の話を広めたことを、渋々ながら認めた。

セクハラ発言に関しては「覚えていない」と最後まで言葉を濁していたものの、昨日莉子の肩を小突いた件については言い逃れができず、終始不機嫌そうな態度を取っていたという。

「八木くんはまだ試用期間中だったんですけど、他の社員の話によると、最初は真面目だったのに徐々に頼まれた仕事の手を抜いたり、確認事項をおろそかにしたり、仕事中頻繁に煙草を吸いに行っていて、あまり印象は良くなかったみたいです。今日は会社で顛末《てんまつ》書《しょ》を書く予定だったのに出勤しなくて、支社長は『今までの勤務態度や今回の件で、試用期間終了後の正式採用は難しい。おそらくこのまま無断欠勤を続けて、辞めてしまう流れじゃないか』って話していました」

八木の問題行動が社内に周知されたあと、莉子は他の女性社員たちから謝られたらしい。

『今まで男っ気のなかった玉谷さんに彼氏ができたって聞いて、応援するつもりで囃《はや》し立てちゃったの。ちゃんと話も聞かずに嫌な思いをさせて、本当にごめんなさい』

そう言って頭を下げてくれたため、莉子は「わたしもはっきり言えなくて、すみませんでした」と謝り返したという。守川は笑って言った。

「とりあえず、解決してよかったね」

「はい。……短期間にいろいろなことがあったので、ちょっと疲れちゃいました」

そう言って苦笑する莉子の顔は本当に疲れがにじんで見え、守川は言葉を続ける。

「そんな莉子ちゃんには、このお茶をお勧めするよ」

彼女の前に置いたのは、三分ほど蒸らしたガラスの茶器だ。

お湯の中で大輪の緑の花が咲いているのを見た莉子が、目を瞠った。

「お花が咲いてて、きれい……。何ですか？　これ」

「黄山緑牡丹茶。清明節から穀雨のあいだに摘まれた茶葉を、花の形に丁寧に束ねてあるんだ。渋みが少なくて甘みが深いから、すごく飲みやすいよ。疲労回復にいいっていわれている」

茶器を手に取り、中身を一口啜った莉子が、息をつく。そしてしみじみと言った。

「……美味しい。一口にお茶っていっても、このあいだみたいに風邪に効くものがあったり、こうして疲労回復にいいっていうのもあって、本当に奥が深いんですね。その専門家である響生さんのことを、すごく尊敬します」

莉子の笑顔を見た守川は、じんわりとしたいとおしさを感じる。

（……可愛いな）

初めて会ったときに比べて、彼女は本当に柔らかな表情を見せてくれるようになった。

まだ敬語は取れず、遠慮がちな部分はあるものの、他の誰よりも自分に気を許してくれているることがわかる。そんな彼女を甘やかしたいという思いは、守川の中で日々強まる一方だ。

守川は少し考え、カウンターに両腕を載せる。そして莉子のほうに前屈みに身を乗り出すと、話を切り出した。

「――あのさ、莉子ちゃん」

「はい？」

「いきなりだけど、俺の家で一緒に暮らさない？」

突然の守川の提案に、莉子がきょとんとした顔をする。そんな表情も可愛いと思いながら、守川は言葉を続けた。

「一緒に住んだら、朝も昼も夜も、莉子ちゃんの好きな茶葉をセレクトしてお茶を淹《い》れてあげられる。家賃は無料、光熱費は折半、家事は率先してやるし、食事はもちろんスイーツだって日替わりで用意するよ。何ならお弁当だって作るから、かなりお得な話だと思うんだけど」

「あ、あの……えっ？」

唐突に始まった守川のプレゼンに、莉子が目を白黒させる。

しかしこちらの提案が冗談ではないのを察し、何やら目まぐるしく考えているようだった。やがて彼女は手の中にガラスの茶器を包み込み、小さな声で言った。

「本当に、いきなり……ですね」

「うん」

「そんなに響生さんがいろいろやったら、わたし、何にもすることがなくなっちゃいます」

「それはそれで全然構わないんだけど、俺の独り善がりになっちゃうか。だったら一緒にするのも楽しいかもしれないいな」

二人での生活を想像し、守川は微笑む。

日々の雑事を莉子と一緒にこなすのは、特別なことではなくてもきっと楽しいはずだ。向かい合ってご飯を食べて、お茶を飲みつつ何気ないお喋《しゃべ》りをし、家事を片づけたあとは腕に彼女の体温を感じながら眠る。

そんな毎日は、守川の心を幸せな気持ちで満たしてくれるに違いない。

（あー、駄目だ。口に出したら、何が何でもそうしたくなってきた）

思い描いた生活を実現させるためには、何としても莉子を口説き落とさなくてはならない。そう心に決めた守川は、さらに言葉を重ねた。

「俺は世間一般の男より、間違いなく家事能力が高いよ。一緒に住んだら、この上なく快適な生活を約束してあげられる。どう？」

莉子が面映ゆそうに笑い、守川を見上げる。そして楽しげな表情で言った。

「じゃあわたしは……疲れている響生さんに美味しいお茶を淹れてあげられるように、中国茶の勉強を頑張ります。おうちではなるべく仕事から離れて、のんびりしてほしいので」

「ああ、それはいいね」

「お料理も、響生さんほど上手じゃないかもしれないんですけど、ちゃんとやりますから」

「莉子ちゃんが作ってくれるなら、どんなものでも食べるよ。たとえ腹を壊しても本望だ」

守川の言葉を聞いた莉子が、「……そんなに下手じゃありません」と頬を膨らませる。

目を合わせ、二人同時に噴き出した。これからの段取り、引っ越しの日程などをあれこれと話し合いながら、守川は莉子との甘い生活を想像して幸せを噛みしめた。

番外編　茶葉店店主の尽きせぬ溺愛

五月の札幌は街路樹が青々と茂り、気温がぐんぐん上がり始めて、春らしい陽気になっている。

〝株式会社AND〟のイベント事業部には四月に新入社員が四人入社し、研修の真っ盛りだ。ビジネスマナーやメールの書き方、コンプライアンス研修、パワーポイント資料の作り方などがひととおり終わった今は、営業社員に同行しての外回りやサポート業務に分かれて実地の研修に入っている。

その日、莉子は自分が担当する新入社員の上田奈津子《うえだなつこ》に対し、イベントのオペレーションマニュアルの作成の仕方を教えていた。

「イベントの当日、スタッフはそれぞれの持ち場で果たすべき役割をこなします。オペレーションマニュアルを作成して一人一人が業務範囲を明確に把握することで、運営上に必要な作業の漏れや抜けを事前に防ぐことができるんです。それにマニュアルを作成する過程で、イレギュラーなでき事への対応策やオペレーションの不備に気づくことができます。まずはこのフォルダをクリックしてください」

「はい」

市内の大学を卒業したあとに新卒で採用された上田は、小柄で可愛らしい女性だ。

入社して三年目になる莉子が指導係になったが、何事も素直に一生懸命聞いてくれ、教え甲斐《がい》があった。

「組織図では、各部門の担当者を一目でわかるようにします。特に場内設営やイベントの運営で複数の業者さんが関わるときは、担当する人の携帯番号を明記しておくとスムーズです。タイムテーブルはイベント会場の設営開始から撤収まで、十分刻みで細かく記入していきます」

会場見取り図やスタッフ配置図、持ち場ごとの作業フローなどの入力をマンツーマンで教えていた莉子は、やがて時刻を見て彼女に告げる。

「配布物と備品のリスト、緊急時対応の入力は明日教えますから、バックアップを取って終了してください。わたしは給湯室の片づけをしますけど、上田さんも一緒に行きますか？」

「はい！」

上田と二人で給湯室を片づけに向かい、来客が使った茶器を洗ったあと、布巾などを漂白剤に浸けておく。

彼女は今夜合コンらしく、うきうきした顔で言った。

「今日来るのは、M商事の人たちらしいんです。商社マンは高給取りですし、海外勤務になる人も多いから、憧れますよねー」

　上田が「ところで」と言って、莉子を見る。

「玉谷さんって、彼氏はいらっしゃるんですか？　もしいないなら、今度合コンにお誘いしたいなって思うんですけど」

「わたしはおつきあいしている人がいるから、そういうのは気にしないで」

　莉子が恋人の守川響生とつきあい始めて、もう十ヵ月になる。それを聞いた彼女が、興味津々で問いかけてきた。

「えー、何してる人ですか？」

「茶葉専門店と、それに併設したカフェを経営してる人なの」

「経営者なんてすごいですねえ。どこにあるお店か知りたいなー、私、ＳＮＳとかで宣伝しますよ」

「ま、また今度ね」

　思いのほかグイグイこられて面食らいつつ、莉子はどうにか上田の追及を躱《かわ》す。

　そして彼女が書いた日報に目を通したあと、それを部長のデスクに提出し、午後五時半に退社した。

　外に出るとまだ空は明るく、日中に比べると少しひんやりした風が吹いていた。

　会社から自宅の最寄り駅までは、地下鉄で六駅だ。そこから三分ほど歩くと、左手に真っ白な外観が印象的な守川茶葉店があった。

木製の入り口の横には大きな観葉植物の鉢と黒板が置かれ、日替わりランチやスイーツ、新入荷や再入荷の茶葉リストがチョークで書かれている。莉子が窓越しに中を覗《のぞ》き込むと、カウンターの内側に立って接客中の守川が見えた。

彼が視線に気づいたように顔を上げ、こちらを見てふっと微笑む。莉子も微笑み返し、外階段を上って守川と一緒に住む二階の住居部分に向かった。

（つきあい始めて十ヵ月経つのに、響生さんの顔を見るといまだにドキドキする。……だってあんなに恰好《かっこう》いいし）

現在三十一歳の守川は、端整な容姿の持ち主だ。

背がスラリと高く、白いシャツに黒のサロンエプロンがよく似合っていて、笑顔が優しい。黒縁眼鏡が理知的な雰囲気を引き立て、声も穏やかで威圧感がなく、一緒にいてとても安心できる人だった。

そんな彼が経営する茶葉専門店は、ときどき雑誌にも掲載される人気店で、いつもたくさんの客が詰めかけている。併設するカフェも盛況で、守川はもう一人の従業員である大西と共に朝から忙しく働いていた。

店が閉まるのは午後八時のため、夕食の支度は莉子の役目だ。とはいえ彼は日中、手が空いたときに一、二品のおかずを作っておいてくれていて、こちらの負担は小さい。

冷蔵庫の中を確認すると、そこにはチキンのトマト煮の鍋が入っていた。野菜室の在庫を確認した莉子は、頭の中でメニューを考える。

（アボカドとトマトがあるから、冷たい和え物を作ろうかな。あとはサーモンのクリームディップとスティック野菜、バゲットにしよう）

まずはみじん切りにした玉ねぎをレンジで加熱し、醤油《しょうゆ》とみりん、酢、砂糖、ごま油を混ぜてさっぱりしたドレッシングを作る。

そして角切りにしたアボカドとトマト、油を切ったツナ、小口切りにした万能ねぎを入れてボウルの中で和え、冷やしておいた。サーモンのディップは水切りした絹豆腐と鮭《さけ》フレーク、ニンニクと塩胡椒《しおこしょう》、オリーブオイルをブレンダーで混ぜただけの簡単なもので、スティック野菜はきゅうりと人参、大根を棒状に切れば完成だ。

料理をする傍ら、莉子は洗濯機を回し、バスルームの掃除をした。守川は放っておくと何でも一人でてきぱき家事をこなしてしまうため、話し合って役割分担をしてもらっている。

やがて午後八時過ぎ、階下の茶葉店を閉めた彼が帰宅した。

「ただいま」

「おかえりなさい」

着けていたサロンエプロンの紐《ひも》を解きながら、守川がリビングに入ってくる。

そしてテーブルに並んだチキンのトマト煮込みとアボカドとトマトのツナ和え、サーモンのクリームディップと野菜スティック、カリッと焼いたバゲットというメニューを見て、笑顔で言った。

「美味そうだね」

「響生さんがチキンのトマト煮込みを作っておいてくれてたので、わたしはすごく楽でした」

「彩りがきれいで、バランスもいいよ。せっかくだからワインを開けようか」

守川が白のワインを開け、乾杯する。

こうして二人で夕食のテーブルを囲み、その日会ったことをあれこれ話すのがいつもの日課だ。料理の腕前はおそらく彼のほうが上だが、莉子が作ったものをいつも美味しそうに食べてくれる。

(毎日カフェのランチの仕込みをしたり、スイーツを作ったり、茶葉や雑貨の仕入れや中国茶教室、コラムの執筆までするなんて、わたしとは比べ物にならないくらいの忙しさだよね。それなのに疲れた顔を全然見せないのって、すごい)

一緒に暮らし始めて実感したのは、守川がかなりのワーカホリックだということだ。

前にチラリと「自宅にいるときも仕事っぽいことをしていて、プライベートとの明確な線引きができていない」と言っていたが、確かに仕事の内容を考えれば、店が閉まったあともあれこれしなければ追いつかないだろう。

それなのに彼は莉子といる時間を大切にし、自宅では目の前で仕事をしないようにしてくれている。だがときどきこちらが寝静まった深夜に起きてパソコンに向かっているのを、莉子は知っていた。

（わたしの存在が、響生さんの重荷になってなければいいけど。直接聞いたら「そんなことないよ」って言うのは目に見えてるし、何か役に立ちたいんだけどな……）

そう思いながら食事を終え、二人で後片づけをする。

食洗機のスイッチを入れてシンクをきれいに磨き上げた莉子は、ふと思いついて守川に向かって提案した。

「響生さん、今日はわたしがお茶を淹《い》れていいですか？」

「ん？　いいけど」

莉子が竹製の茶盤を出し、ガラス製の茶海や茶道組、茶壷や飲杯を並べ始めると、彼が眉を上げて言う。

「そんなに手間を掛けなくていいよ。ティーバッグとか使ってくれれば」

「いえ。これまで響生さんにマンツーマンでお茶の淹れ方をいろいろ教えてもらいましたから、丁寧に淹れたものを飲んでほしいんです」

言いながら莉子は電気ケトルで湯を沸かし、茶器にそれぞれ湯を注いで温めた。

その傍ら、蓋碗に茶葉を入れ、お湯を注いですぐに茶海に捨てる。そして新しい湯を蓋碗の八分目まで注ぎ、蓋をして蒸らしていると、カウンターの椅子に座る守川がそれを眺めつつしみじみと言った。

「莉子ちゃんがお茶を淹れる動きも、だいぶ様になってきたね。最初は緊張してぎこちない動きだったのに」

「今もちょっと緊張してます。どこか間違ってないかなとか」

「とどのつまり美味しく飲めればいいんだから、本当はそこまで作法にこだわらなくていいんだよ」

蒸らし終えたら蓋碗の蓋をわずかにずらし、茶葉が零れないようにしつつ、茶海にお茶を注いでいく。

蓋碗を持ち上げながら人差し指を丸めて蓋を押さえるのは、いつもながら気を使う一瞬だ。莉子はさほど手が大きくないため、いつ蓋を落とすかとヒヤヒヤしてしまう。

どうにかお茶の最後の一滴まで茶海に注いだあと、中身を飲杯に振り分ける。そのうちのひとつを、莉子は彼に差し出した。

「どうぞ」

「いただきます」

飲杯を受け取った守川が、中身を啜《すす》る。そして笑顔になって言った。

「美味しいよ。抽出時間もちょうどいい」

「ちなみに、何の茶葉かわかりますか？」

「〝清境瑞雨《しんきょうずいう》〟かな」

「正解です。やっぱり一口ですぐわかっちゃうんですね」

今日莉子が選んだ茶葉は青茶、つまり烏龍茶で、澄んだ空気と山と湖が美しい〝清境〟という土地で完全有機栽培された高山茶だという。

冬の厳しい寒さを耐えて溜《た》め込んだ養分を、発芽と同時に一気に葉の隅々まで巡らせたかのような味がする春のお茶だが、一口飲んで銘柄を当ててしまうのはさすが茶葉専門店の店主だ。

莉子が彼の隣に座ってお茶を啜《すす》ると、彼が小さく笑って言う。

「こうやって君とお茶を飲む時間は、すごくホッとする。普段から暇さえあれば何か淹れて飲む性質《たち》だけど、誰かが自分のために用意してくれるものがこんなにも安らぐものなんだって、改めて実感したよ。一緒に飲むことで会話も増えるしね」

「そうですね」

そんな守川は、明日から四日間の日程で中国に行く。

目的は茶葉の買い付けで、半年に一回の慣例だ。そのあいだは店を閉めることになるが、従業員の大西は休みを利用してセミナーやワークショップに参加したりと、有意義に過ごす予定だという。

(いつもは四日も響生さんと顔を合わせないなんてことはないから、すごく寂しい。……でも仕事なんだから、仕方ないよね)

心の中に渦巻く思いをぐっと抑え、莉子はことさら明るく言う。

「明日から中国ですけど、響生さんは懇意にしている茶農家さんや市場とか、いろんなところを回るんですよね。言葉とかは大丈夫なんですか?」

「北京語が公用語ってことになってるから、俺の言葉はどこに行っても一応は通じているようだけど。ときどき相手の訛《なま》りがきつくて、聞き取れないことがあるよ。でも今は、スマホのアプリとかもあるから」

「あ、そっか。アプリ……文字でやり取りしたほうが、わかりやすいときってありますもんね」

茶器を片づけたあと、莉子は入浴するべくバスルームに向かう。

新千歳空港からは杭州行きの直行便が出ていて、守川は明日の午後二時半の便で旅立つと聞いていた。仕事があるために見送りに行けないが、朝は一緒に過ごせそうだ。

夜は久しぶりに、市内の実家に帰る予定だった。母親がかねてから「台湾旅行のお土産を渡したい」と言っていて、守川が不在で一人になるのはちょうどいいタイミングだ。

ドライヤーで髪を乾かし、洗面所を出る。この時間の彼はいつもメールの返信などをしており、莉子はあえて声をかけずに寝室に向かった。すると程なくして守川がやって来て、薄闇の中で問いかける。

「響生さん、お仕事は……？」

「今日はもうおしまい。これから四日も離れるんだから、莉子ちゃんに触りたい」

彼が言わんとしている意味がわかって、莉子はじんわりと気恥ずかしさをおぼえる。

だが離れるのを寂しいと思っていたのは、こちらも同じだ。ベッドの中で身体の向きを変えた莉子は、守川の首を引き寄せる。

するると彼が覆い被さりながら唇を塞いできて、それを受け止めた。

「ん……っ」

押し入ってくる舌、守川の匂いに、体温が上がる。

もう数えきれないほど抱き合っているのに、触れられればたやすく火を点けられるのが不思議だった。

彼がパイル地のトップスのジッパーを下げ、胸元にキスを落とす。ふくらみをつかんで先端に舌を這《は》わされ、莉子は声を上げた。

「ぁ……っ」

舌先で弾かれるだけで、敏感なそこはすぐに芯を持つ。乳暈《にゅううん》をなぞられ、硬くなった頂を吸われるとじんとした愉悦がこみ上げて、足先でシーツを掻《か》いた。

中学時代に平均より大きいことをからかわれたせいで、莉子は長いこと自分の胸が嫌いだった。だが守川に愛されるようになってから、そうした気持ちが少しずつ薄らいできた気がする。

「はぁっ……ぁ、……ん……っ」

音を立てて吸われ、ときおりやんわりと歯を立てられる。

痛みと紙一重の快感に、呼吸が乱れていくのを抑えられなかった。彼が唇を離し、莉子のパジャマ代わりの部屋着を脱がせて床に落とした。そしてこちらの手をつかんで自身のシャツに導き、ささやくように言う。

「脱がせて」

起き上がった莉子は、守川のシャツのボタンをひとつひとつ外していく。

彼はパッと見は細身なのに体型がしっかりしていて、思いのほか男らしい。前を開くと引き締まった上半身が垣間見え、莉子はそれに手のひらで触れたあと、顔を寄せて唇を押し当てた。

音を立てながら肌にキスをする莉子の髪を、守川の大きな手が掻《か》き混ぜてくる。ときおり地肌を刺激するその感触が心地よく、思わず吐息を漏らすと、ふいに彼と目が合った。

「あ……」

後頭部を引き寄せて唇を塞がれ、再びベッドに押し倒される。

ぬめる舌を絡ませながら胸のふくらみを揉《も》みしだかれ、互いに蒸れた吐息を交ぜるのに夢中になった。

やがて守川の大きな手が下着の中にもぐり込み、花弁を割る。既に潤み出しているそこを繰り返しなぞり、ときおり指が敏感な快楽の芽をかすめるたび、じんとした甘い愉悦が広がった。

「はぁっ……響生、さん……」

にじみ出た愛液で、淫らな水音が立ち始める。指を中に埋められていくとゾクゾクとした快感がこみ上げ、切れ切れに声を上げた。

「あ……っ……んっ、……ぁ……っ」

身体の内側をなぞられる感覚は強烈で、指を受け入れたところが際限なく潤んでいくのがわかる。

ひとしきり莉子を啼《な》かせた守川が身体を起こし、自身のズボンをくつろげた。そして棚から取り出した避妊具を装着したあと、屹立《きつりつ》を蜜口にあてがい、ぐっと腰を進めてくる。

「あ……っ！」

硬く漲《みなぎ》った昂《たか》ぶりが隘路《あいろ》にじわじわと埋められていき、莉子は声を上げた。根元まで自身を埋めた彼が、ささやくような声で問いかけてくる。

「……苦しくない？」

「……っ、はい……」

「動くよ」

ずんと深く突き上げられ、身体の奥から甘い愉悦がこみ上げる。苦痛はなく、ただ快感だけがあって、中がビクビクと震えるのを止められない。

蠕動《ぜんどう》する柔襞《やわひだ》が心地いいのか、守川が熱い息を吐いた。その様子はひどく色めいていて、見つめる莉子の胸がきゅうっとする。

「あっ……はぁっ……ぁ……っ」

徐々に律動を速められ、身体が揺れる。気づけば肌が汗ばんでいて、それは彼のほうも同様だった。覆い被さってきた守川の背に腕を回し、莉子は切れ切れに言う。

「……っ……響生さん、好き……」

「……俺もだよ」

汗ばんだ額に口づけられ、愛情のこもったしぐさに心がじんと震えた。

彼の身体の重みや体温、汗ばんだ肌も何もかもいとおしく、夢中で互いの熱を貪る。やがて行為が終わり、息を乱した莉子がぐったりとシーツに身を横たえていると、守川がこちらの目元にキスをして言う。

「ごめん、もう一回させて。離れる分、抱き貯めておきたい」

「……っ、はい……」


結局二度も抱き合ってしまい、疲れ果ててそのまま眠りについた莉子は、翌朝六時半に目を覚ました。

その頃には守川は既に起きていて、キッチンで朝食とお弁当を作っている。今日のお弁当はアスパラの牛肉巻きとねぎ入りの卵焼き、ブロッコリーの胡麻《ごま》和えと紫キャベツのザワークラウト、肉団子の甘酢あんかけとかぼちゃのサラダ、ミニトマトというメニューで、ご飯には高菜と明太子が載っていた。

（響生さんのお弁当、彩りが本当にきれい。会社の人たちが「うらやましい」っていうのもわかるな）

莉子の交際相手が以前イベントの講師を務めた守川であるのは数人の女性社員が知っていて、「カフェの経営者が、毎日こんなにきれいなお弁当を作ってくれるなんてすごいね」

と羨望の眼差しを向けてくる。

身支度を済ませてリビングに行くと、コーヒーのカップを二つ持ってキッチンからやって来た彼が、テーブルに着きながら言った。

「そういえば莉子ちゃんは今日、仕事が終わったあとに実家に行くんだっけ」

「はい。せっかくなので、晩ご飯をご馳走《ちそう》になってきます」

「ゆっくりしてきて」

二人で朝食を取ったあとに一緒に後片づけをし、午前八時に会社に行くべく玄関で靴を履く。クルリと振り返った莉子は、守川に向かって告げた。

「響生さん、空港まで見送りに行けなくてすみません。気をつけて行ってきてくださいね」

「うん。莉子ちゃんも、仕事頑張って」

触れるだけのキスをした彼に微笑み、莉子は「いってきます」と言って自宅を出る。

外はすっきりと晴れ、朝日が眩《まぶ》しく降り注いでいた。出勤し、後輩の上田の指導や週末に行われるイベントのミーティング、自分の仕事をこなした莉子は、午後五時半に退社する。

そして四十分ほどかけて実家を訪れると、出迎えた母親がどこか慌てた口調で言った。

「おかえり、莉子。来たばかりで悪いんだけど、小麦粉を買ってきてくれない？　今手が離せなくて」

「うん、いいよ」

幸い実家から徒歩三分のところにスーパーがあり、すぐに行ける距離だ。

目的の小麦粉を購入した莉子は、薄暗くなり始めた空を眺めつつ、実家に向かう。すると斜め向かいの家の前にスーツ姿の男性がおり、声をかけてきた。

「あれ、莉子？」

「……秀《しゅう》ちゃん」

そこにいたのは、幼馴染の浅野《あさの》秀也《しゅうや》だ。莉子の二歳年上で、実家が近所であることから幼少期から知っている。

彼は大学進学で名古屋に行き、そのまま向こうで就職したと聞いていた。約十年ぶりの再会に驚きつつ、莉子は浅野に問いかける。

「秀ちゃん、名古屋で働いてるんじゃなかったの？　どうしてここに……」

「先月から、北海道支社に異動になったんだ。今は実家から職場に通ってる」

ちょうど帰ってきたところらしい彼は、こちらを見つめてしみじみと言った。

「実家には正月にちょこちょこ帰ってきてたけど、行き違いで全然会わなかったよな。すっかり大人になってて、見違えたよ」

「秀ちゃんこそ、そうやってスーツを着てると別人みたいだね」

浅野は莉子が緊張しないで会話ができる、数少ない異性だ。

中学時代に同級生の女子に嫌がらせを受けて悩んでいたときも、彼は莉子が塞ぎ込んでいるのを敏感に察知し、「相手に対して疚《やま》しいことがないんだから、堂々としていればいい」「他に一緒にいてくれる友達がいるなら、彼女たちと行動を共にして一人にならないようにしろ」とアドバイスしてくれ、少し気が楽になった記憶がある。

会うのはほぼ十年ぶりだが気負うことはなく、互いの近況に花が咲いた。しかし自分がおつかいの途中だったのを思い出した莉子は、彼に向かって告げる。

「ごめんなさい、わたし、もう家に戻らないと。お母さんにおつかいを頼まれてて」

「そっか。じゃあ明日にでも、晩メシ一緒に食わないか？」

「えっ？」

「積もる話もあるし」

聞けば彼の職場は街中にあり、莉子の会社とそう離れていないという。

普段なら夕食の支度があるために早く帰るところだが、守川は今日から四日間帰ってこない。ならば構わないだろうと考えた莉子は、頷《うなず》いて笑顔で言った。

「うん、喜んで」

「よかった。じゃあ連絡先を交換しよう」


翌日の終業後に待ち合わせをし、浅野と向かった先は、イタリアンダイニングだった。

酒があまり得意ではないのを申告すると、彼は強制することなくノンアルコールのカクテルを頼んでくれる。浅野は莉子がイベント企画会社に勤めていることや、現在交際相手である守川と一緒に住んでいることを聞くと、驚いていた。

「あの引っ込み思案の莉子がそこまで変わるなんて、信じられないな。ちゃんと上手くやれてるのか？」

「わたしはイベントの企画立案よりサポートのほうが向いてるみたいだから、そっちをメインでやらせてもらってるの。仕事はすごく楽しいよ」

「彼氏は？」

莉子が守川の職業を説明すると、浅野は困惑気味に言った。

「そんな本を出したり、メディアに出てるような男って、結構もてるだろ。莉子、もしかして遊ばれてるんじゃ」

「そ、そんなことないよ。響生さんは落ち着いてて、浮ついたところがない人だから」

「そっか。俺は北海道に戻ってくるとき、彼女と別れたんだ。二年もつきあってたのに、転勤の話をした途端、『北海道になんて一緒に行けない』って言われちゃってさ。お互いに冷めてきてた自覚はあったけど、あまりにあっさり断られて、心底がっかりだよ」

守川以外の男性と二人きりで食事をしたのは初めてだったが、相手が幼馴染《おさななじみ》の浅野だったおかげで、思いのほかリラックスできた。

二時間ほどして店を出ると、彼が心配そうに言う。

「本当に送らなくて大丈夫か？」

「うん。地下鉄を降りたら、家まですぐだから」

「気をつけろよ。じゃあ、おやすみ」

＊　＊　＊

中国浙江省にある杭州は、この時季の最高気温が二十五度くらいで、軽く汗ばむ陽気だ。年に二回ほどの仕入れの際はさまざまな市場や茶農家を回るため、かなりタイトな日程となる。しかし旧知の人間と会ったり、この土地ならではの空気に触れるのは楽しく、あっという間に過ぎた四日間だった。

約三時間半かけて帰国した守川は、空港からタクシーに乗り、午後三時に店の前まで乗りつける。トランクから荷物を下ろしてもらっていると、中から大西が出て「おかえりなさい」と言った。

「あれ、大西くん、来てたんだ」

「今日は午前で予定が終わったので、店の掃除をしに昼過ぎに来たんです」

「へえ、感心」

金曜日である今日、莉子は仕事で帰宅は午後五時半以降になる。

早く顔が見たい——そんな気持ちを抑えつつ、店に荷物を運び込んで早速梱包《こんぽう》を解いた。

ひとつひとつ手に取って大西にあれこれ説明していると、ふいに彼が「あの、店長」と言った。

「俺、店が休みのあいだはセミナーやワークショップに参加してたんですよ」

「ああ、そう言ってたよね」

「実は一昨日、ワークショップが終わったあとに百貨店に行ったら……気になるものを見ちゃったんです」

守川がスーツケースから茶葉を取り出しながら「何？」と問いかけると、大西がやや声をひそめて言った。

「玉谷さんが、スーツ姿のリーマンと二人でいるところです。婦人小物の売り場にいて、すげー仲が良さそうに商品を選んでたんですよね。ほら、今でこそ店長とつきあってますけど、彼女って基本男性が苦手じゃないですか？　だからどういう関係の人間なんだろうって気になって」

「――――」

突然思いがけないことを言われ、守川は言葉を失くす。

莉子からは、何も聞いていない。中国に行っていたあいだは連日飲みに誘われてホテルに戻るのが遅くなり、二回ほどしかメッセージのやり取りができていなかった。

それも当たり障りのない内容で、「無事に着いた」という報告と帰りの飛行機の時間だけだ。確かに大西の言うとおり、莉子は過去のトラウマから男性が苦手で、親しくしている人間の話は聞いたことがない。

内心ひどく動揺したものの、守川は咄嗟《とっさ》に表情を取り繕って答えた。

「たぶん、会社の人じゃないかな。イベントで使う物を買いに行ったのかも」

「えー、そうですかねえ」

「きっとそうだよ」

さらりと流し、守川は荷解きの作業を続ける。

やがて彼が帰っていき、店を施錠して二階の住居に上がると、にわかに先ほどの話が気になり出した。莉子と一緒にいたサラリーマン風の男性とは、一体誰だろう。これまでの彼女は、守川に黙って誰かと出掛けたことはなかった。一人っ子のために男の兄弟もおらず、思い当たるような人物はいない。

そもそも異性が苦手だったはずなのに、自分以外の男性と仲が良さそうにしていたというのが心底意外で、守川の中にモヤモヤとした気持ちがこみ上げた。

（まさか特別な相手なんだろうか。わざわざ俺がいないあいだに、黙って二人きりで会うなんて……）

まるで浮気だ。

そう考えた瞬間、心に湧き起こったのは強い嫉妬の感情だった。かつての守川は従姉の七海への想いを募らせる一方、つきあっていた女性にはドライな対応で、誰かに強く思い入れることはなかった。

だが莉子に対しては、違う。素直で今どき珍しいくらいに純粋な彼女を、守川は心から愛していた。つきあい始めて十ヵ月が経つが、愛情は目減りするどころか日々増す一方だ。

一緒に暮らしていてもストレスはなく幸せだっただけに、突然降って湧いたでき事に頭をガツンと殴られた気がした。

（いや、落ち着け。まだ浮気だと確定したわけじゃない。莉子ちゃんはそういうことをするような性格じゃないし、彼女の口から何も聞いてない状況で、一方的に断定するのはよくない）

守川は深呼吸し、大きく息を吐き出す。そしてソファに座り、意図して気持ちを落ち着かせた。

莉子と二人きりで出掛けた相手に嫉妬の感情がこみ上げるが、ひとまずそれは脇に置いておく。今必要なのは冷静な話し合いで、結論はそのあとに出せばいいことだ。

思いのほか動揺している自分に気づき、ふと苦い笑いがこみ上げた。こんなにも誰かを好きになれるなんて、数年前の自分からは想像できなかった。いつだって最優先なのは趣味や仕事で、感情の行き違いがあって相手と別れる流れになっても、言われるがままにあっさり受け入れていた。

（でも、今は……）

その後、守川は旅行で持ち帰ってきた衣類を洗濯したり、台所に立って夕食を作ったりと忙しく過ごす。

やがて午後五時半を過ぎた頃に玄関のほうで物音がし、莉子が帰宅した。

「おかえり、莉子ちゃん」

「ただいま戻りました。響生さん、中国の仕入れお疲れさまでした」

笑顔の彼女は、いつもどおりだ。どこにもおかしな様子はなく、むしろ数日ぶりに会えてうれしそうに見える。

しばらく当たり障りのない会話をし、莉子に冷たい水出し茶を用意しながら、守川は極力穏やかな口調で言った。

「莉子ちゃんに、ちょっと聞きたいことがあるんだ。座ってくれる？」

「何ですか？」

「実は一昨日の夕方、百貨店で莉子ちゃんが見知らぬスーツ姿の男性と一緒にいるのを見たって大西くんが言ってたんだけど。どういう関係の人か聞いてもいいかな」

するとそれを聞いた彼女が目を丸くし、束の間言葉を失くす。

みるみる顔色を変えていく様子からは、ひどく動揺しているのが見て取れた。それを目の当たりにした守川は、一瞬「まさか」と考える。やがて彼女が口を開いた。

「わたしが一緒にいた人は浅野秀也といって、実家の斜め向かいに住む幼馴染です。このあいだ実家に帰ったときに、十年ぶりに再会して……それで次の日に食事に行きました」

「……………」

「その翌日にまた連絡がきて、『母親の誕生日プレゼントを選ぶのにつきあってほしい』って言われたんです。秀ちゃんのお母さんはわたしも昔からよく知っているので、快くＯＫして一緒に百貨店に行きました。大西くんに見られたのは、そのときだと思います」

莉子の話を聞くうち、守川の中にじわじわと危機感が募る。

幼馴染だからこそ親しげにしていたのだと理由がわかったが、それはかえって不安要素だ。もしかしたら彼女は、十年ぶりに会った浅野に対して特別な想いを抱いたのかもしれない。

そんなことを考えていると、莉子が語気を強めて言った。

「秀ちゃんはわたしにとってただの幼馴染で、異性として特別に思ったことはありません。でも響生さんに黙って食事に行ったり、二人で出掛けたことは、誤解されても仕方のないことだと思います。本当にごめんなさい」

彼女が泣きそうな顔で頭を下げてきて、守川は慌てて言う。

「いや、何もないならいいんだ。俺は莉子ちゃんの行動を縛るつもりはないけど、急に大西くんに言われたら不安になって……。一人でグルグル考えるより直接聞いたほうがいいと思って、話をしたんだ。もし詰問口調に聞こえてたら、ごめん」

すると莉子が首を横に振り、突然立ち上がると、カウンターの上に置いていた自身のスマートフォンを手に取る。そして強い決意を漲らせた顔で言った。

「これから秀ちゃんに連絡を取って、すぐに会えないかどうか聞いてみます。直接会って事情を聞けば、響生さんも安心できますよね？」

「えっ、そこまでしなくていいよ。俺は――」

「わたしが誤解されたくないんです。響生さんが不安に思うことは、徹底的にクリアにしたいので」

そう言って彼女は浅野に電話をかけ、「あ、秀ちゃん?」と呼びかける。そして瞬く間にこれから会う約束を取りつけ、電話を切った。

「街中で会うことになりましたから、タクシーで行きましょう」

守川は莉子の行動の速さに驚いていた。普段はおっとりした雰囲気なのに、今日の彼女のフットワークの軽さは今までにないものだ。

かくしてタクシーで移動すること十五分、街中で降りた莉子と向かったのは、大きな通りに面したカフェだった。店内に入ると、窓際の席にいた二十代後半とおぼしきスーツ姿の男性が莉子を見て一瞬うれしそうな顔をする。

しかし守川がいるのに気づき、すぐに戸惑った表情になった。

「莉子、その人は……」

「ごめんね秀ちゃん、突然呼びつけたりして。こちら、わたしがつきあっている守川響生さん。実は一昨日、百貨店で一緒にいるところを知ってる人が見ていたらしいの。わたしは響生さんに秀ちゃんとの仲を誤解されたくないから、わたしたちの関係がただの幼馴染だって直接説明してほしくて」

すると浅野は「えっ」と目を丸くし、急いで席から立ち上がると、胸ポケットから名刺を取り出した。

「浅野秀也といいます。莉子……さんとは、物心ついた頃からの幼馴染です」

守川も自分の名刺を差し出し、「守川響生です」と名乗る。彼が狼狽《ろうばい》した様子で謝罪してきた。

「何だか誤解させるようなことをしてしまって、申し訳ありません。莉子さんはまったく悪くなく、俺が幼馴染の気安さで彼女を買い物に誘っただけなんです。一昨日は、うちの母親の誕生日プレゼントを選ぶのにつきあってもらって」

浅野の説明は莉子の話と一致していて、守川は苦笑いして言う。

「こちらこそ、何だか大事《おおごと》になってしまって申し訳ありません。ここに座ってもよろしいですか？」

「はい、もちろん」

飲み物をオーダーし、彼と和やかに会話する。

話しているうち、浅野が莉子の二歳年上で幼い頃から兄的な存在だったこと、中学時代の彼女が対人関係で悩んだときにアドバイスをしていたことがわかった。莉子は彼を信頼しているようで、浅野もそんな彼女を可愛がっている節がある。

「莉子の彼氏が、こんな落ち着いた人だとは思わなかったよ。優しそうで、何だかお似合いだな」

彼が改めて自身の軽率な行動を謝罪してくれ、守川は快くそれを受け入れた。「今度ぜひうちの店にお茶を飲みに来てください」と浅野を誘うと、彼が頷く。

そして莉子と共にカフェを出て、帰路についた。雑多な匂いのする夜風に吹かれ、守川はじっと考える。

（莉子ちゃんは兄のようにしか思っていないようだけど、浅野さんのほうは彼女を異性として意識していたっぽいな。連日のように誘っていたのも、交際に発展する可能性に賭けたい気持ちがあったのかもしれない）

それは守川の、直感だ。

浅野は莉子の交際相手である守川を目の当たりにし、ひどく動揺していた。おそらく彼は十年ぶりに再会して大人の女性になった彼女に惹《ひ》かれ、「自分に乗り換えてくれたら」という思いがあったに違いない。

だが莉子の態度を目の当たりにするうち、自分に出る幕がないのを悟ったのだろう。最後にこちらに向けてきた笑顔にはどこかやるせない色があり、おそらく今後彼が茶葉店を訪れることはない気がした。

カフェの外に出てしばらく歩いたところで、莉子がこちらを振り向いて切実な瞳で言う。

「響生さん、秀ちゃんとわたしの間には何もないんだって、信じてくれましたか？　もしまだ疑ってるなら、わたし……」

「信じるよ。わざわざ浅野さんと会わせてくれなくても、信じてた。君は俺に嘘《うそ》をつくような人間じゃないって、わかってるから」

こんなにも一生懸命に想いを伝えてくれようとする彼女を、いとおしく思う。

常にない必死な行動は、こちらに対する愛情ゆえなのだと思うと、面映ゆい気持ちがこみ上げた。人混みでにぎわう夜の街中で足を止めた守川は、隣の莉子を見下ろす。そして彼女に向かって唐突に告げた。

「莉子ちゃん。――俺と結婚してくれないかな」

「えっ」

「ずっと考えてた。つきあってから愛情は強まる一方で、一緒に暮らし始めて以降は生活に張りが出た。君のために料理や弁当作りをするのは楽しいし、傍にいてくれると気持ちが安らぐ。自宅で仕事をし過ぎないためのストッパーにもなってるし」

「……響生さん」

「何より莉子ちゃんと一緒にお茶を飲む時間が、俺は一番ホッとするんだ。君の笑顔を見てるだけで幸せになって、さっきは今まで感じたことがなかった〝嫉妬〟という感情まで味わった。こんなにも誰かを大切に思うなんて、きっと莉子ちゃん以外にはいないよ」

　するとそれを聞いた莉子が、じんわりと頬を染めて言った。

「嫉妬、したんですか？」

「したよ。俺以外の男と仲良く笑ってたって聞いて、猛烈に妬いた」

「秀ちゃんとは全然何でもないのに……わたしは響生さん以外に、よそ見をしたりしません」

　どこか心外そうに頬を膨らませる様子は、出会った頃より感情豊かで可愛らしい。

　これから先も、彼女のいろいろな表情を見たい。その人生に起きるすべてのでき事に関わっていけたら、きっととても幸せだと思う。

そんな守川の言葉を聞いた莉子が、小さく噴き出して言った。

「こんな雑踏の中でプロポーズするなんて、何だか響生さんらしくないですね。もしそういうことになった場合は、もっとそれっぽいシチュエーションでしてくれるのかと思ってたのに」

「莉子ちゃんを独占したいと思ったら、ついスルッと出ちゃったんだよ。考えてみると余裕がなくて、ちょっと恰好悪いな」

「恰好悪くないです。響生さんはそうやっていつも愛情を言葉にしてくれるから、すごく安心できます」

守川が目を瞠《みは》り、「じゃあ……」とつぶやくと、彼女が頷く。

「わたしでよければ、響生さんのお嫁さんにしてください。いつも忙しい響生さんが家ではリラックスできるように、頑張りますから」

「もう充分してくれてるよ」

プロポーズを受け入れてもらえ、守川の中に喜びがこみ上げる。

この先ずっと莉子と一緒にいられるのだと思うと、幸せな想像しかなかった。そんな守川に対し、彼女がふいに言う。

「実は今日、うれしいことがあったんです。夏に新しくできる事業推進部という部署があって、そこはイベント事業部のサポートをするところらしいんですけど、わたしが主任に内定したって宇野さんが教えてくれました」

「へえ、すごいね」

莉子はこれまでイベントの立案ではなく、サポート業務を重点的にこなしていたが、丁寧な仕事ぶりが認められての抜擢《ばってき》らしい。

同期には既に主任になっている者がいるものの、それもまだ一人しかおらず、二人目の快挙だという。

「それだけでもうれしいのに、今は響生さんにプロポーズまでされて、立て続けにいい事がありすぎて何だか怖くなっちゃいます。どこかに落とし穴があるんじゃないかって」

頬を紅潮させる彼女は可愛らしく、守川は思わず微笑む。そして莉子の手を握り、やんわりと力を込めつつ、確信を持って告げた。

「これからもっともっと幸せになっていくから、覚悟しておいて。今日のことは序の口だったって思うくらい、君を大切にするよ」

見つめ合い、零れるように笑う。

幸福感が心を満たすのを感じながら、守川は莉子と歩むこの先の人生にじっと思いを馳せた。

あとがき

こんにちは、もしくは初めまして。西條六花です。

蜜夢文庫さんで六冊目となる「眼鏡男子のお気に入り　茶葉店店主の溺愛独占欲」をお届けいたします。

こちらの作品は過去にパブリッシングリンクさんで電子書籍として刊行し、その後コミカライズされました。

電子書籍のときのイラストは赤羽チカさま、コミカライズはモユさま、今回は千影透子さまと、三人の作家さんに素敵なキャラクターデザインをしていただきました。

どれもとても魅力的で、それぞれの作家さんの良さが出ているなという感じがします（眼福です……！）。

ヒーローの守川は茶葉店店主、中国茶や紅茶、ハーブティー、コーヒーまで何でも扱うお店のオーナーで、自分的に「こんなお店があったらいいな」という気持ちで書きました。

一方、ヒロインの莉子はイベント企画会社勤務でとても内気な女の子ですが、守川に愛されて少しずつ前向きになっていく過程を楽しんでいただけたらいいなと思っています。

今回のイラスト担当の千影さまからキャラクターラフを先にいただいたのですが、守川の草食系に見えてしっかりした男らしい体型や、落ち着きと包容力を感じる容貌など、とにかく理想どおりでうれしい悲鳴を上げてしまいました。

莉子も抱きしめたくなるような可憐さがあり、表紙と挿絵の仕上がりがとても楽しみです。

どの作品もそうですが今回はインプットが大変で、苦労した分思い入れの強いものになりました。

この本が、皆さまのひとときの娯楽となりましたら幸いです。

またどこかでお会いできることを願って。

西條六花

特別収録
コミカライズ
電子連載版〈第1話〉
コミックス単行本
2022年11月下旬
発売予定
茶葉店店主の
溺愛
独占欲
眼鏡男子のお気に入り
モニ
原作
西條六

眼鏡男子のお気に入り

茶葉店店主の溺愛独占欲

ちゅ
――っ
あっ…
響生《ひびき》さん…
んっ

指
増やすよ
んん…っ
感じやすいの
可愛い
これまでの
私からは
考えられない
…誰かにもっと
近づきたいと
思うなんて

すごい
きれいな
色の空――…
水色と茜色が
入り混じってる
今日は
裏通りから
帰ろ♪

CAFE
初めて通ったけど こっち側は こんな雰囲気なんだ

何だろう
カフェ…？
パタン…
従業員の
人かな
…まいったな
え？

あっ
す
すみません
いえ
………
ガチャッ
守川茶葉店
パタン…
まじまじと見たりして
何だか悪いこと
しちゃった
あんな大人の
男の人でも
泣いたり
するんだ――…

玉谷《たまや》さーん
来週の中国茶講座のチラシ刷っておいてくれた？
あ　はい！
確認お願いします　宇野さん
ありがと
うん　やっぱりこの写真いいね
色がきれいに出てよかった
プロの方にお願いしたんですか？
ううん　これ講師の人が自分で撮ってるんだよ
守川茶葉店
一日茶藝教室
6月18日(金)
14:00～16:00

自分のお店をもってるんだけどホームページもすごくおしゃれなの
ほら!
わぁ…
ガラスの器に
色とりどりのお茶…
中国茶以外にも色々な茶葉を取り扱ってるんだって
写真どれもきれいですね
プロが撮ったみたい
でしょう?
店主の守川さん自分で何でもやっちゃうの
ブログから人気に火がついて本を出すことになったみたい
はい…これ

この講座
書店さんからの
依頼でしたね
そう
本の出版を
記念してね
この本のおかげで
すっかり中国茶に
詳しくなっちゃったわ
そうなんですね
………
玉谷さんは
企画…
出してみたり
しないの？
……あ

…わ
ギュ…
わたしは…
あっ ごめんね
無理強いするつもりじゃないの
入社してもう二年目だし
もしやってみたい企画があるなら出してみればいいんじゃないかと思って
……そうですよね
………
ま
玉谷さんのサポートに頼りきってる私が言うことでもないんだけどね
というわけで講座当日もよろしくお願いします
ほ…
は はい！

ずううん…
気を使わせてしまった…
宇野さんに
引っ込み思案で口下手なところを変えたい―――
そう思ってイベント企画会社に入ったのに
何も変われていない自分がいる―――
守川茶葉店
18日
わたしって全然
ダメだなぁ…
TSUTATA BOOKS

玉谷さん このダンボールは…
あ すみません
こちらにお願いします
講座開始までに準備を終わらせないと——…
講師の守川さん到着されました〜！
お疲れさまです 守川です
本日はよろしくお願いします

あれ？
この人どこかで……
そうだ！あの時の――…
！
ぱっ
すごい偶然
こんな状況で会っちゃうなんて…

……
感じ悪かったかな……
でも泣いているところなんて見られたくなかっただろうし
もしわたしのことを覚えていたら
きっと気まずい思いをさせてしまう――
今日はなるべく守川さんの視界に入らないように気をつけよう!
よし!
本日はお集りいただきありがとうございます
「一日茶藝教室」の講師を務めさせていただきます
守川茶葉店店主の守川《もりかわ》響生《ひびき》です
よろしくお願いいたします

「一日茶藝教室」という講座ですが
あまり聞きなれない方も多いかと思います
日本人には茶道という言葉の方が馴染み深いですね
茶藝は四十年程前台湾で生まれた言葉だと言われていて
日本の茶道を参考にして「茶藝」が生まれた経緯があります
へぇ……
中国や台湾にはお茶の産地が多くその種類は膨大な数になります
台湾独自のお茶は中国の物と区別して"台湾茶"と呼ばれることも多いのですが
今日はひとくくりに"中国茶"として基礎と基本を学んでいきたいと思います

カチャ
くるんっ

ヘク…
わぁ…
きれーい♥
いい香りねー
……
ジャー…

講座あっという間だった…
中国茶って奥が深いんだな
ちまっ
ふふっ
かわいい♡
自分で淹れられるようになったら
きっとすごく楽しいんだろうな
はい？
――あの
!!
守川さん!!
後片付けを手伝っていただいて本当に助かります
洗うの僕が代わります

あっ
いいえ
どうか気になさらないでください
そ、それに守川さんは講座を終えられたばかりでお疲れでしょうし
顔が熱い
どうしよう
茶道具もすべて用意していただいてそのうえ洗わせるなんてそんな——
また——…
なんで人と話すときこんなに緊張するの——‼
………
じゃあ僕が洗い終わったものを拭きます
えっ
は はい

ジャー…
カチャ
カチャ
どうしよう
何かしゃべらないと…
僕は普段自分の店で茶藝教室を開くことが多いので
こんなふうに片づけを手伝ってもらうと何だか恐縮してしまいます
皆さんテキパキして慣れてらっしゃる

あっ
そ
そうですね…
し——ん…
会話終わっちゃった——!!!
わたしっていつもこう
しゃべらなきゃって意識しすぎて頭が真っ白になって
結局相手に気を使わせてる——
きっと絡みづらい人間だと思われてるんだろうな…
カチャ
カチャ
——あの
人違いなら申し訳ないのですが
はい?

半月ほど前…うちの店の前を通りませんでしたか？
朝から雨が降ってた日に
ドキッ
えっ
やっぱり覚えてたんだ
どうしよう
何て言えば―…
あの…っ
いきなりこんなこと言って
困らせてしまっていたならすみません
あの日すごく落ちこむことがあって…
通りすがりのあなたにみっともない姿をさらしてしまい
後味の悪い気持ちでいたんです

――そうだったんだ…
いえ
そんな
こちらこそ
申し訳ありません
でした
まじまじと
見たりして
大変失礼
いたしました
はっ
あのっ
もしかしてわたしに
言いふらされると
思ってる――…!?
わたし
あの日のことは
誰にも話して
いません
これからも一切
口外するつもりは
ありませんから

そうですか
ふ…
気を使っていただいてありがとうございます
い…いえ
ところで今日の講座内容はいかがでしたか？
………すごく
興味深かったです
わたしは中国茶に関してまったく知識がなかったんですけど
種類の多さや色の多彩さにびっくりして…
それに茶器がとっても可愛らしいことも今日初めて知りました

自分で淹れられたら
きっと楽しいんだろうなと…
……
興味を持っていただけて嬉しいです
はっ
す… すみません
参加者でもないのに図々しくて…
いえ
ところで あなたの名前をお聞きしてもいいですか？

し
失礼しました
「株式会社AND.」のイベント事業部
玉谷《たまや》莉子《りこ》です
玉谷――
莉子さん…
スッ
よろしかったら
これを
守川茶葉店
店主 守川《もりかわ》 響生《ひびき》
お店の名刺…?
お暇なときがあったらぜひいらしてください
いろんなお茶の試飲ができますし
午後六時までならカフェメニューもやってますから

あ…
ありがとう ございます
これは
社交辞令……だよね――

き…
来てしまった…
「お暇なときにいらしてください」
社交辞令だってわかってるのに
真に受けてお店に来るなんて迷惑になるかも―…
でも
あのとき見た光景が自分の中に残ってて――…
どんな味が
香りがするんだろう――…

何かお店のものを
買えば大丈夫だよね
もし迷惑そうなら
さっさと帰ろう！
カラーン
カラーン
いらっしゃいませ
！
こ…
こんにちは

こんにちは
玉谷さん
その笑顔は
緊張を溶かすには
充分なほど
優しいのに
ドキ…
なぜか私の心は
高鳴っていた――

続きは、
2022年11月下旬
発売予定の
〈コミックス版〉にて！

眼鏡男子のお気に入り

茶葉店店主の
溺愛独占欲

本書は、電子書籍レーベル「らぶドロップス」より発売された電子書籍『眼鏡男子のお気に入り　茶葉店店主の溺愛独占欲』を元に、加筆・修正したものです。

★著者・イラストレーターへのファンレターやプレゼントにつきまして★
著者・イラストレーターへのファンレターやプレゼントは、下記の住所にお送りください。いただいたお手紙やプレゼントは、できるだけ早く著作者にお送りしておりますが、状況によって時間が掛かる場合があります。生ものや賞味期限の短い食べ物をご送付いただきますと著者様にお届けできない場合がございますので、何卒ご理解ください。
送り先
〒160-0004　東京都新宿区四谷3-14-1　UUR四谷三丁目ビル2階
（株）パブリッシングリンク
蜜夢文庫 編集部　○○（著者・イラストレーターのお名前）様

眼鏡男子のお気に入り
茶葉店店主の溺愛独占欲

２０２２年７月２９日　初版第一刷発行

著……西條六花
画……千影透子
編集……株式会社パブリッシングリンク
ブックデザイン……おおの蛍
（ムシカゴグラフィクス）
本文ＤＴＰ……ＩＤＲ

発行人……後藤明信
発行……株式会社竹書房
〒102-0075　東京都千代田区三番町８－１
三番町東急ビル６Ｆ
email：info@takeshobo.co.jp
http://www.takeshobo.co.jp
印刷・製本……中央精版印刷株式会社